O AMARGO E O DOCE

Quixote + Do
EDITORAS ASSOCIADAS

Aos meus quatro netos,
João Pedro, Mateus, Isabela e Rafael,
com a esperança de que, no futuro,
quando forem ler este livro, eles
possam ter uma boa lembrança do avô.

Revisão
Rachel Kopit
Thásia de Medeiros
Valter Braga
Cláudia Masini

Projeto Gráfico e diagramação
Graziani Riccio
Entrecampo

Catalogação na Publicação (CIP)

Noman, Fuad
N799 O amargo e o doce / Fuad Noman. - Belo Horizonte : Quixote+Do Editoras Associadas, 2017.
192 p.

ISBN 978-85-66256-20-8

1. Ficção Brasileira 2. Novela Brasileira I.Título.

CDD: B869.35

Bibliotecária responsável: Fernanda Gomes de Souza CRB-6/2472

Fuad Noman

O amargo e o doce

Quixote+Do Editoras Associadas
2017

Parte um:

O Amargo

Ano de 1955

1

Severo arriou o seu cavalo e seguiu para a cidade. Precisava mandar um recado para o Coronel. Ele sabia que, indo ao bar do Joca, teria um portador, muito provavelmente o Zinho da carroça do leite, que sempre fazia seus carretos lá pros lados da fazenda do Rincão, uma bela propriedade com sei lá quantos alqueires de terra. Era uma fazenda bonita, a mais rica da região. Na entrada, uma fileira de árvores fazia sombra e dava ideia da grandeza do que estava lá dentro; tudo muito bem cuidado, limpo e organizado. Lá se plantava de tudo: feijão, milho, verdura de todo tipo; frutas, então, nem se fala.

Mas o mais bonito era o gado. Tudo girolando de boa qualidade. O Coronel Leocádio fazia questão de vaca sadia, com muita produção de leite. Dava gosto ver os empregados tirando leite toda manhã. Enchiam todas as latas e ficavam aguardando o Zinho ir buscar. Uma maravilha!

A fazenda tinha de tudo: gado em quantidade, uma criação de porcos, galinha, patos, marrecos e até pavão, este só para enfeitar. Tinha cabritos também, mas eram só para o consumo do Coronel e seus convidados.

A fazenda era a referência da cidade, tanto que, quando o governador, deputado ou cantor sertanejo famoso estavam na cidade, era lá que eles se hospedavam. O Coronel tinha orgulho de receber essas personalidades, pois isso lhe dava muito prestígio político e respeito em toda a região. Quando o governador chegava, vinha acompanhado de muitos policiais, o que transformava a vida da cidade. O Coronel se sentia o centro de tudo, fazia grandes banquetes, sempre com muita fartura.

A casa grande era imensa, tinha mais de 15 quartos. Na sala, uma mesa muito grande com dois bancos compridos nas laterais e, na cabeceira, uma cadeira de braços, que o Coronel só cedia para o governador. Nessa mesa cabia todo mundo sentado na hora do almoço. A cozinha tinha dois fogões a lenha e um forno gigantesco para assar as carnes e os biscoitos que o Coronel tanto gostava. Tinha até banheiro dentro de casa, muito embora ele só fosse usado pelo Coronel e sua mulher e pelo governador, quando ele estava presente. Aquela casa era o orgulho do Coronel.

Severo, na verdade, queria informar ao Coronel que tinha uma carga boa de bezerros — na verdade, toda ela de fêmeas, prontas para a recria — e que ele estava pronto a vender.

O Coronel certamente ficaria interessado, pois Severo era seu grande fornecedor de bezerras, sempre muito bem criadas, sadias, todas vacinadas e, no futuro, davam boas vacas de leite, assim como o Coronel gostava.

Severo chegou justo na hora que Zinho ia começar o roteiro para buscar o leite e com certeza daria o recado ao Coronel.

Severo realizou as entregas dos produtos que vendia na cidade — ovos, rapaduras, algumas verduras — e depois fez as compras de que precisava. Pegou também alguns mantimentos que Doralice, sua esposa, tinha encomendado e algumas coisas pra casa, como arroz, macarrão e sabão, que ela não plantava, nem produzia.

Montou em seu cavalo e voltou para o seu rancho. O dia estava completo. Agora precisava preparar as bezerras, pois o Coronel, com certeza, iria vê-las.

Severo já conhecia as manias do Coronel, pois ele era um comprador antigo, sempre regateava o preço e queria as melhores bezerras. Por isso, Severo tinha uma boa estratégia de venda, que sempre funcionava.

Ele guardava as melhores bezerras no pasto de cima e deixava as mais fracas no curral perto da casa. Para estas, tinha um preço mais baixo. As outras eram mais caras, de modo que quando o Coronel reclamava da qualidade dos animais, Severo buscava as outras e mostrava a diferença, justificando um preço mais alto.

Assim fez. Ele sabia que o Coronel chegaria cedo, dois ou três dias depois de receber o recado. Avisou a Doralice: — Prepara um café com bolo e rosquinhas daquelas que o Coronel gosta, pois amanhã ou depois ele vem ver as bezerras.

Doralice ficou alegre, ela sempre gostava da visita do Coronel. Ele era um homem forte e poderoso, gostava dela e, enquanto Severo ia buscar as bezerras, eles conversavam, pois eram bons amigos.

O dia amanheceu. Severo foi preparar o gado. Doralice fez o café, as rosquinhas, os bolos. Fez também um pão de queijo, mas este ela deixou para assar mais tarde, quando o Coronel chegasse, pois ele gostava do pão de queijo bem quentinho. Terminou as tarefas e foi se banhar, como ela mesma dizia.

Tudo pronto, ela foi para a janela, mão no queixo, encostada no batente, olhando para a estrada, esperando os homens chegarem. Antes, arrumou o quarto de hóspede, trocou a roupa de cama, tudo limpo e bem esticado.

Ficou ali por algum tempo e nem viu a hora passar. De repente ouviu um barulho, esticou o olho e viu a poeira levantando. Deu um leve sorriso, se ajeitou na janela, foi pro quarto e se olhou no espelho. Viu uma mulher começando a amadurecer; se achou atraente, um pouco magra, mas mesmo assim não era de se jogar fora. O cabelo com alguns fios já ficando brancos, o que era normal, afinal ela já passara dos 40 anos. Quem sabe era hora de pensar em fazer alguma coisa para mudar isso? Sabia que a filha de dona Dondoca tinha aprendido, na capital, uma técnica de pintar os cabelos, que os deixava na sua cor original, e ninguém observaria a diferença. Iria conversar com a dona Dondoca e saber mais sobre essa novidade.

Os cavalos chegaram e Severo os recebeu na porta. Doralice logo trouxe uma jarra com água fresca e convidou o Coronel para entrar.

Ele bebeu a água, deu um copo para Danilo, seu ajudante, agradeceu a Doralice, e disse: — Estamos com pressa, vamos ver essa bezerrada e voltar logo para o Rincão — Doralice sorriu, ele sempre falava isso e acabava ficando toda a manhã para comprar o gado.

Severo logo mostrou as bezerras que estavam no curral e pediu Cr$ 140,00 por cabeça. Danilo, que era o caseiro do Coronel e grande conhecedor de gado, logo entrou no curral e começou a analisar os animais. Severo olhava para sua expressão e para o Coronel. Ninguém estava gostando das bezerras. Era isso que ele queria.

Um tempo depois, Danilo conversou com o Coronel, este se virou para Severo e disse: — Esses animais não servem. Você me conhece e sabe que eu não compro esse tipo de gado. Você me fez perder tempo vindo aqui, acho melhor ir embora.

Doralice olhava do alto da varanda a negociação se desenrolar, sabendo que agora Severo falaria das outras bezerras do pasto de cima. Dito e feito.

Severo virou para o Coronel e disse: — Eu tenho duzentas cabeças, que eu estava reservando para levar para o leilão no mês que vem, pois lá eu tenho um preço melhor, consigo Cr$150,00 pelas bezerras. Mas se o Coronel quiser ver eu vou buscar.

— Esse pasto é muito longe? — perguntou o Coronel.

— Pertinho — respondeu Severo — eu vou lá com o Danilo e trago para cá em menos de meia hora. O Senhor entra, toma um café que Doralice acabou de passar, come um pão de queijo, que logo, logo estamos aqui.

Doralice se arrumou, entrou para cozinha e pôs o pão de queijo para assar. Voltou para a varanda e convidou o Coronel para entrar.

Severo e Danilo montaram em seus cavalos e seguiram para o pasto de cima. O Coronel entrou, olhou pela janela e viu os dois lá no alto. Chamou Doralice, deu um leve tapa na sua bunda e disse: — Ele demorou para ir buscar as bezerras. Será que ele não sabia que eu estava com muitas saudades de você?

Doralice gostou do que ouviu e riu, puxou o Coronel pela mão e entrou no quarto de hóspedes com ele.

Eles sabiam que o pasto era longe e que a demora seria maior do que meia hora. Assim tiveram muito tempo para ficar ali, a ponto de o pão de queijo queimar. Quando o cheiro de queimado invadiu o quarto, Doralice se arrumou depressa e saiu para apagar o fogo. Rapidamente ela colocou outro tabuleiro para assar, já que Severo também gostava de pão de queijo.

O Coronel vestiu a roupa, calçou a bota e disse: — Nós precisamos fazer isso mais vezes, esperar o Severo ter bezerras para vender demora muito...

Ao que ela respondeu: — Ele vai muito à cidade, visita outras fazendas. Mas como eu vou te avisar, seu "gostosão"?

Leocádio adorava quando Doralice falava aquilo, ele se sentia o máximo. Não que ele precisasse de elogios, afinal todas as mulheres que ele tinha o elogiavam, mas Doralice chamá-lo de "gostosão" tinha um sabor especial.

Fecharam o negócio, comeram o pão de queijo, Danilo com mais dois ajudantes levaram as bezerras embora e o Coronel saiu contente. Tinha comprado bons animais e tinha ficado satisfeito com Doralice.

2

O Coronel Leocádio era um homem feliz, pois tinha uma grande propriedade, era rico, tinha poder, mandava na cidade, o prefeito era sempre ele quem indicava, os vereadores seguiam rigorosamente seus interesses e era respeitado por todos. Por seu lado, ele era um bom homem. Era duro, mas de bom coração, ajudava a igreja e fazia festas para arrecadar fundos para o padre. Duas vezes por ano mandava seus empregados visitarem os demais fazendeiros pedindo um bezerro para leiloar. Com isso conseguia muitos animais, fazia um grande leilão e doava todos os recursos arrecadados para a igreja. Ainda assim, ajudava a paróquia com generosas contribuições. Segundo o padre Giovanni, o Coronel era um homem abençoado.

Sua família era unida e muito ajustada, pelo menos era o que ele achava. Não via defeito nos filhos. Eles eram obedientes e cumpriam sempre suas ordens. Sua mulher era uma santa. Sabia, mas nem ligava para os encontros do Coronel com outras mulheres. O Coronel tinha muito orgulho de seus filhos e filhas.

Ele gostava de fartura, queria todas as mulheres que pudesse ter. Com seu dinheiro e poder, praticamente tinha tudo o que queria. Só uma coisa o inquietava: dos seus cinco filhos, três homens e duas mulheres, um era motivo de preocupação. Os homens trabalhavam na fazenda, cada um tinha sua tarefa. Ele fazia questão que os homens trabalhassem para aprender a ganhar seu próprio dinheiro e, assim, quando ele morresse, queira Deus que não fosse breve, eles poderiam tocar o seu legado e crescer ainda mais. As mulheres, prendadas, poderiam escolher um bom partido e ter um marido à altura da família.

Antônio e Sebastião, os dois mais velhos, cuidavam do gado, alimentavam e acompanhavam a prenhez e parição das vacas, registravam tudo e sabiam o que tinha na propriedade, quanto vendiam e quanto compravam. Tinham tudo sob controle, afinal haviam estudado o suficiente para entender as contas da fazenda. Tudo era feito com a supervisão do Coronel Leocádio. Eles já eram casados e deram ao Coronel dois lindos netos. Gertrudes e Magali, as filhas, fizeram o curso normal e lecionavam na escola da fazenda.

A preocupação do Coronel era com Deocleciano. Ele já tinha dezessete anos, não gostava da terra e só tinha olhos para outras coisas. Lia muitos livros e vivia desenhando a natureza. Na escola não tinha nenhuma amiga ou namorada, apenas amigos homens.

Ele ficou mais preocupado depois de ouvir umas conversas estranhas a respeito do filho e achou que deveria tomar uma atitude imediatamente. Pensou bastante em como enfrentar essa situação, sem criar nenhum alarde ou provocar mais conversas na cidade. Leocádio achou que a única pessoa, com a qual ele poderia se abrir sem correr qualquer risco, era o padre. Resolveu procurá-lo. O padre Giovanni era um senhor mais velho, um amigo do Coronel. Recentemente, ele o havia procurado e, em uma conversa casual, deu a entender que gostaria de visitar a mãe na Itália, antes de morrer, claramente sugerindo que ele pudesse ajudá-lo nesse intento. O Coronel avaliou que seria uma boa troca: o padre lhe ajudaria com Deocleciano e ele ajudaria o padre com a viagem. Decidido, o Coronel não era de deixar para depois as coisas que queria resolver.

Chamou Danilo e mandou arriar seu cavalo. Danilo correu e logo em seguida surgiu com o garanhão do Coronel, um belo cavalo branco, muito fogoso, que o Coronel adorava desafiar. O Coronel era um bom cavaleiro. Afinal, como ele mesmo dizia: "eu nasci montado num cavalo".

Montou com muita facilidade e seguiu para a cidade. Danilo vinha sempre ao seu lado e observava o Coronel, que ele conhecia bem. Hoje ele não estava para conversa; estava tão sério e concentrado que nem respondia aos cumprimentos dos vizinhos que, assim que viam o cavalo do Coronel, saíam para a estrada para saudá-lo.

Chegaram logo à rua. O Coronel desceu do cavalo, Danilo o amarrou na porta do armazém e ele entrou. Era um armazém que vendia de tudo, secos e molhados. As pessoas vinham de longe, faziam suas encomendas e, enquanto elas eram preparadas, ficavam de conversa, encostados no balcão, ouvindo e contando as novidades da cidade, que eram poucas. Por isso, qualquer assunto novo era muito valorizado. A chegada do Coronel, então, era motivo para movimentar o armazém. Pessoas que passavam pela calçada, ao ver o cavalo do Coronel amarrado na porta, logo entravam para cumprimentá-lo. Muitas crianças vinham e pediam a bênção a ele.

Quando o Coronel entrou no armazém, todos se levaram para saudá-lo: "Bem vindo, Coronel. Tudo bem com o senhor? O que podemos lhe servir?" Alguém sempre tinha algo para vender e, como o Coronel era o grande comprador da cidade, sempre havia possibilidade de se fazer um negócio. Mas naquele dia, não. O Coronel bebeu água, balançou a cabeça, agradeceu e saiu sem nenhum comentário. Nem às crianças ele respondeu. Isso gerou uma tensão no ar. O que teria acontecido com o Coronel? Foi a pergunta que ficou no ar, quando ele saiu. Pergunta que ninguém se atreveria a fazer.

O Coronel seguiu direto para a casa do padre, que ficava ao lado da igreja, na praça da cidade. A entrada principal era do outro lado, de modo que o Coronel deu a volta na praça, desceu do cavalo e o entregou a Danilo, olhou para um lado e para o outro, para ver quem o observava, caminhou e então chegou à entrada da casa. Antes que batesse à porta, dona Carmelita, que ajudava o padre na missa e cuidava da casa paroquial, abriu e disse:

— Olá, senhor Coronel, a que devemos a honra de sua visita?

Ele respondeu rispidamente: — O que seria senão para falar com o padre Giovanni?

Ela logo percebeu que sua pergunta não agradou ao Coronel e foi chamar o padre.

— Sente-se, senhor Coronel. O padre estava descansando e já vem. Vou preparar um café e já volto. O Coronel respondeu:

— Não, minha conversa com o padre é particular, e a senhora pode ir para casa. Ela tirou o avental e saiu da casa sem nem olhar para trás. Foi quando o padre chegou e disse:

— Olá, Coronel, que prazer em recebê-lo aqui na casa de Deus.

O Coronel agradeceu e foi direto ao assunto, não sem antes olhar em volta e ver o estado precário dos móveis da sala. A única poltrona estava rasgada; a mesa de centro, toda arranhada; a cadeira em que ele sentou já não tinha a cobertura e mostrava a madeira bem danificada. A única coisa que parecia em bom estado era a imagem de Jesus Cristo, colocada numa mesa de canto. As pinturas já começavam a descascar e já surgiam trincas na parede. Olhando para o estado da casa e dos móveis, o Coronel disse: — Precisamos trocar essa mobília e pintar essas paredes. Está tudo bem ruim por aqui.

O padre respondeu: — Quisera eu, Coronel, a paróquia não tem recursos para esses luxos. Eu estou fazendo uma economia, porque quero visitar minha mãe na Itália, antes de ela morrer. Aliás, já falei isso para o senhor, está lembrado?

— Claro que me lembro, e é por isso mesmo que estou aqui.

O padre logo se alegrou, aquilo era um bom sinal.

— Padre, o senhor precisa de minha ajuda e eu preciso da sua. Acho que podemos resolver isso.

O padre ouviu e na hora começou a sonhar com um navio saindo do Rio de Janeiro em direção à Itália, ele no convés, olhando aquelas águas calmas do oceano... Seus pensamentos o levaram para bem longe, mas a voz grossa do Coronel o trouxe de volta.

— Eu lhe dou a passagem, reformo esta casa, troco esses móveis daqui, mas o senhor vai me ajudar a entender e corrigir o Deocleciano.

O padre sabia do que ele estava falando. Alias, já havia certo rumor na cidade sobre o comportamento dele. E era razoável que o pai ficasse preocupado, assim como era obrigação da igreja ajudar na solução do problema, ainda mais com a promessa feita pelo Coronel.

Eles conversaram muito. O Coronel abriu seu coração, como nunca imaginou que faria, falou de toda a criação da família, da educação dada, mas em momento algum admitiu que o filho tivesse algum problema mais grave que não pudesse ser resolvido. Por fim ele falou: — Padre, essa conversa não pode sair daqui.

Padre Giovanni respondeu: — Aqui é um confessionário, fique tranquilo.

O padre teve todo o cuidado nas suas observações, não queria magoar o Coronel e pensou em como abordar a questão. Jamais falaria que as pessoas suspeitavam que Deocleciano fosse afeminado, pois isso mataria o Coronel e com certeza acabaria com a sua viagem. Então resolveu sugerir algumas ações.

— Ele precisa casar — falou o padre — mas antes ele carece de uma experiência com uma mulher. Eu nunca deveria falar sobre isso, pois para a igreja o sexo só pode acontecer depois do casamento, mas como ele é muito tímido, talvez a igreja pudesse fazer uma concessão e permitir esse aprendizado.

— Mas, padre, como faríamos isso, sem chamar a atenção da cidade?

— Coronel — disse o padre —, em Mangerim, a última cidade em que servi, tivemos um caso semelhante e resolvemos da seguinte maneira. O senhor contrata uma mulher da capital que eu conheci lá em Mangerin, ela vem contratada como professora de piano. O senhor separa um quarto, com cama, coloca o piano nesse quarto, e ela fica um mês na sua casa ensinando para o Deocleciano.

— Que solução maluca é essa, padre? — reagiu o Coronel. Como uma professora de piano vai resolver o nosso problema?

— Calma, Coronel, isso é apenas um disfarce. Quando eles estiverem lá no quarto estudando piano, ela vai seduzi-lo e lhe ensinar como se portar com uma mulher. Essa é a função dela. Assim, ele aprende e com certeza vai gostar da experiência. Depois, quando tiver aprendido, o senhor escolhe uma boa moça e nós fazemos o casamento dele. Vai dar tudo certo, ele passará a ter a responsabilidade de uma família, terá filhos e logo estará trabalhando como os outros.

— Parece uma boa ideia, mas como vamos chamar essa mulher?— perguntou o Coronel.

— Temos de tomar alguns cuidados, falou o padre. Eu não posso estar na cidade, pois eu teria de ser contra esse procedimento, mas como irei viajar, isso fica resolvido. Na viagem eu passo pela capital. Tenho o endereço da professora, vou lá, converso com ela e mando-a para a sua fazenda. Enquanto isso o senhor conversa com ele, sem falar no objetivo final. Diga que, como ele gosta de escrever e pintar, com certeza vai gostar de música. Assim não chama a atenção de ninguém, nem tem reação contrária dele.

O Coronel pensou e achou que aquela estratégia poderia dar certo, ainda mais se ele gostasse da professora. Até ele mesmo iria querer aquela aula de piano. Combinou com o padre quanto seria necessário para a viagem, tirou várias notas do bolso e entregou-lhe ao padre. Saiu dali aliviado.

Danilo logo percebeu a diferença do Coronel e pensou que ele deveria ter cometido um grande pecado e fora se confessar com o padre. Recebeu o perdão e, por isso, saiu tão aliviado. Mas não disse nada, apenas soltou o cavalo e o entregou ao Coronel. A volta foi diferente: o Coronel conversava, cumprimentava a todos e até parou no armazém para tomar uma dose da sua aguardente preferida. Riu, brincou com os demais fregueses e abraçou as crianças que o procuraram. Mandou separar um fardo de carne seca que acabara de chegar e saiu alegre de volta para casa.

Ele queria que o padre viajasse logo. Quanto antes começasse, mais rápido suas preocupações acabariam. Mas o padre tinha procedimentos a adotar. Primeiro iria avisar ao bispo. Claro que teria de contar onde obtivera o dinheiro e, como tinha sido uma doação, o bispo teria sua parte. Depois falaria no sermão de domingo, prepararia a cidade para a sua ausência. Ele sabia que a cidade sentiria sua falta, afinal ele era o único padre por ali. Pediria ao bispo um apoio, e ele daria a cobertura necessária para não deixar a cidade sem os serviços da igreja.

Assim ele fez no dia seguinte bem cedo. Pegou sua charrete, com seu ajudante e dona Carmelita, que ia segurando a sombrinha para protegê-lo do sol. Quase meio dia de viagem, e eles chegaram à casa do bispo.

Tiveram de esperar, pois era a hora do descanso dele. Como eles tinham se preparado para a viagem, dona Carmelita abriu a cesta e de lá tirou os alimentos para a refeição do padre. Ela havia preparado uma galinha assada com farofa e uma carne de porco na lata, que era a preferida dele, e ela sabia que ele ia gostar. Abriu uma toalha de crochê, que ela mesma havia feito, branca, com rendas e muito bem passada e engomada. Serviu a comida para o padre ali mesmo, na varanda da casa, em uma pequena mesa de canto que enfeitava a saleta em que eles esperavam pelo bispo. Serviu também um copo de vinho. Ela e o ajudante também comeram. Para terminar, serviu um doce de leite com queijo que deixou o padre muito satisfeito. Terminada a refeição, ela guardou tudo de volta na cesta, muito organizado, pois havia sobrado bastante comida para a viagem de volta.

Logo o padre foi chamado. O auxiliar do bispo foi buscar o padre e mandou que ele entrasse. A casa era grande, não tinha luxo, mas tudo era novo e muito bonito. No salão onde o padre aguardaria, havia uma grande mesa de peroba do campo, muito bem talhada e brilhante. No centro, um pequeno pano de crochê, bordado com o símbolo da congregação do bispo. Arranjos de flores frescas do campo enfeitavam os quatro cantos do salão. Padre Giovanni gostou de tudo e sentia não ter o mesmo em sua casa paroquial, mas as flores ele iria pedir a dona Carmelita para providenciar. Não custariam nada, desde que ela colhesse nos jardim das filhas de Maria.

Logo o bispo entrou no recinto, com sua mão estendida, esperando o beijo de reverência. O padre a beijou e pediu sua bênção. Então o bispo assentou na cabeceira da mesa, mandou que o padre assentasse ao seu lado e com uma voz de confessionário, disse: — Que bons ventos o trazem a esta casa do Senhor?

O padre olhou ao redor para confirmar que não havia ninguém no recinto e então conversou com o bispo, explicou a necessidade do

Coronel, falou da proposta feita e da contribuição que ele recebeu. Ao bispo não haveria mentira, pois ele também guardaria o segredo da confissão. O bispo ouviu atentamente, fez algumas perguntas sem muita relevância, aceitou a partilha da doação que o padre ofereceu, abençoou sua viagem e prometeu mandar um padre uma vez por semana para fazer o serviço na cidade. A conversa foi rápida, mas muito produtiva. Padre Giovanni estava feliz, poderia viajar, ajudar o Coronel e tinha a bênção do bispo. Agora era se preparar e partir para sua terra natal.

Assim, feliz e com a missão cumprida, ele começou a sonhar com a viagem para a Itália, tanto que nem sentiu a viagem de volta. Chegou bem à noite, cansado, mas feliz. Agradeceu ao ajudante, pediu dona Carmelita que preparasse o seu banho e uma massagem nos ombros, jantou e se deitou. À noite sonhou novamente com o navio, o porto, o vinho italiano, sua família e os amigos que lá deixara.

Alguns dias depois, o padre embarcou para Belo Horizonte. Primeiro, celebrou uma missa solene e muito bonita, com as "Filhas de Maria" entoando as mais belas canções de despedida. Muitas choraram e desejaram boa viagem. Dona Carmelita ficou com a incumbência de cuidar da casa paroquial e da igreja e ainda atender ao padre que viesse substituí-lo nos fins de semana. Houve uma procissão até o ponto final da jardineira que levaria o padre. Todos aplaudiram quando ele entrou na jardineira sob muitos gritos de "boa viagem" e "volte em breve". O padre estava satisfeito com aquela demonstração de carinho por ele.

Em Belo Horizonte, hospedou-se na casa paroquial da cúria, onde tinha vários amigos. Providenciou sua passagem para o Rio de Janeiro, mandou um telegrama para a cúria do Rio de Janeiro, pedindo pousada por alguns dias e, enquanto aguardava a resposta, foi procurar a professora de piano. Ele não sabia onde ficava o endereço. Ficou preocupado se aquele endereço era em um lugar adequado para a visita de um padre, mas precisava cumprir sua parte do acordo com o Coronel. Caminhou para bem distante da cúria, procurou um carro de praça, fez um pequeno disfarce em sua roupa de padre e pediu ao motorista que seguisse para o endereço indicado.

A casa ficava em um bairro elegante da cidade, nada parecia depor contra o lugar, o que deixou o padre mais tranquilo. Desceu, pediu ao motorista que o esperasse, bateu a campainha e aguardou. Logo apareceu uma senhora distinta, que o padre logo reconheceu como a professora Arlete. Ela o convidou a entrar. Ele a cumprimentou, falou da sua estada em Mangerim, lembrou a tarefa que ela desenvolvera naquela oportunidade e lhe perguntou sobre a sua disponibilidade de realizar um novo trabalho. Ela quis saber mais detalhes do trabalho, antes de aceitá-lo. O padre então explicou tudo, falou do Coronel, da sua importância política na região e das preocupações dele com o filho. Ela seria muito bem remunerada e deveria começar rapidamente.

Ela acertou todos os detalhes — preço, condições e data de início. Com tudo ajustado e data de viagem marcada, o padre saiu, escreveu uma carta com as informações necessárias ao Coronel, mandou entregar pessoalmente a ele e deu sua missão por cumprida. Agora todas as suas atenções estariam voltadas para a Itália.

3

Danilo estava ansioso, esperando a jardineira chegar. Já passava das onze horas e nenhum sinal dela na entrada da cidade. Ele sabia que a jardineira sempre atrasava, mas, naquele dia em especial, ele não queria atraso, nem pneu furado, nem buraco no caminho e, de preferência, poucos solavancos naquela estrada tão estreita e mal cuidada. Ele sabia que a professora estava chegando. Havia muita expectativa na casa do Coronel, pois ele tinha mandado vir da capital uma professora para ensinar piano para o Deocleciano. A princípio, dona Clotilde estranhou que o Coronel quisesse mesmo que o filho aprendesse piano, mas logo foi convencida de que era uma das paixões do filho, e então se calou.

Preparou o quarto da professora com o piano dentro, conforme as orientações do Coronel, as mesmas que ele tinha ouvido do padre Giovanni. As explicações eram muito lógicas: ela teria o dia inteiro para trabalhar sem ser interrompida por ninguém, já que uma artista precisava de privacidade e tranquilidade, e, dessa forma, produziria muito mais, uma vez que sua estada na fazenda não seria longa.

Por volta do meio-dia Danilo avistou a poeira levantando e percebeu que a jardineira estava chegando. Ficou bem na frente do local de parada, pronto para receber a nova professora. Estava eufórico, jamais havia conhecido uma professora de piano.

A jardineira parou, a porta se abriu e os passageiros começaram a descer — dona Maricota, seu Joaquim, Nhô com a mulher e seus dois filhos que tinham ido consultar na cidade grande. A cada passageiro que descia, a angústia de Danilo aumentava. Onde estaria a professora? Será que ela não estava na jardineira? E se não viesse? O que o Coronel iria fazer? No meio dessas dúvidas, eis que surge uma senhora, bem vestida, de saia preta comprida e uma blusa cinza com a gola até o pescoço, uma renda no cabelo, muito séria, com uma bolsa grande, olhando firme à frente. Com certeza, era uma senhora bonita e respeitável.

Danilo logo reconheceu aquela senhora como a professora, pois não havia no município figura tão espetacular como aquela. Ele se aproximou com toda a reverência e disse: — Madame.

Isso fora a orientação do Coronel, pois Danilo sequer sabia o exato significado da palavra.

— Seja bem-vinda. O Coronel Leocádio mandou buscá-la para ir à fazenda do Rincão. Meu nome é Danilo e eu estou aqui para servi-la. Trouxe água fresca para oferecer para a senhora, está ali na charrete. Vou pegar sua mala e levá-la até lá.

Ele falava tão rápido que a professora mal compreendia. Ela percebeu o nervosismo de Danilo e resolveu acalmá-lo.

— Seu nome é Danilo, não é mesmo?

— Sim, sim, senhora, ele respondeu.

— Conte-me, Danilo, a fazenda é muito longe?

— Não, senhora, fica a pouco mais de duas léguas daqui. Na charrete nós não gastaremos nem meia hora até lá. Temos que andar depressa, pois todos estão esperando a senhora para o almoço.

O sol, a poeira, a paisagem, a conversa de Danilo, tudo distraía a professora. Logo eles chegaram à fazenda. Ela ficou encantada com o lugar: grande, acolhedor, muito bem cuidado, ela pensou. Acho que será uma estada agradável.

A charrete parou no pátio defronte à casa. O Coronel, dona Clotilde, os filhos Antônio, Sebastião e Deocleciano, todos enfileirados para recebê-la, exceto as filhas, que o Coronel não deixou que ficassem à espera da professora.

O Coronel se adiantou para ajudá-la a descer. Apresentou-se como Coronel Leocádio e logo apresentou todos da família. Quando passou por Deocleciano, ele disse: — Esse será seu aluno. Espero que aprenda bastante com a senhora.

Dona Clotilde a convidou para entrar, ofereceu uma bacia com água, sabão e uma tolha branca bem limpa, mostrou o quarto que ela ocuparia e a convidou para o almoço.

Terminada a refeição, ela se retirou para o quarto, pois queria descansar um pouco da viagem. No caminho, foi acompanhada pelo Coronel, que lhe disse em voz baixa: — Depois do seu descanso, eu gostaria de falar com a senhora em particular.

Ela aquiesceu, fechou a porta do quarto e foi descansar.

Deocleciano estava confuso e ansioso, já que seu pai nunca aceitara seu estilo de vida, leitura, pintura e artes em geral. Ele sempre reclamava que o filho não saía, não andava a cavalo, não ia às festas da cidade e não gostava da lida diária da fazenda. E então, de repente, manda buscar uma professora na capital para lhe ensinar a tocar piano! Era maravilhoso, mas muito estranho... O que ele estaria planejando? Não importa, pensou ele, vou aproveitar ao máximo essa oportunidade. Esse piano não é aberto desde que a vó Henriqueta era viva. Ela, sim, encantava a todos tocando piano à noite, depois do jantar. Ele era pequeno, mas ainda se lembrava dos acordes da vovó. Agora poderia ser ele a encantar a todos em pequenos recitais. Tocaria as músicas que ela tocava e, com certeza, agradaria ao pai.

Na manhã seguinte, logo após o café da manhã, o Coronel convidou a professora para dar um passeio pela fazenda. Foram conversando. O Coronel perguntou se ela havia se entendido com o padre e se sabia bem sua missão. Ela respondeu: — Calma, Coronel, tudo vai dar certo. Eu tenho muito experiência com garotos tímidos. Sei como tratar essas questões sem constrangimento. Fique despreocupado. A única coisa que peço é que não haja interrupções nem batidas na porta, pois isso pode tirar nossa concentração.

— Assim será feito, respondeu o Coronel aliviado.

O padre tinha cumprido com sua tarefa muito bem, mereceu o dinheiro da viagem, pensou ele.

O Coronel não deixou de dar uma boa observada na professora e admirou-a como mulher: nova, com seios firmes, olhos claros muito bonitos, pernas roliças, tudo muito firme e no seu devido lugar. Chegou a ter inveja de Deocleciano. Mas seu objetivo era mais importante, ele iria salvar seu filho do mau caminho, então valia o sacrifício.

No primeiro dia, ela lhe perguntou se poderia chamá-lo de Deo. Ele disse que para ele não fazia diferença, mas o Coronel odiaria, pois o nome que ele tinha escolhido era Deocleciano e ninguém poderia mudá-lo. Ela disse: — Então vamos começar com nossos segredinhos. Aqui dentro seremos livres para fazer o que desejarmos, sem restrição de ninguém, combinado, Deo?

Ele concordou e sentou-se ao piano. A primeira aula foi muito boa. Ele começou a tomar ciência das teclas e começou a dedilhar o dó-ré-mi. Vez por outra, a professora encostava-se ao seu corpo levemente e de forma aconchegante. Ele gostava, mas sequer imaginava qualquer outra intenção, que não fosse lhe ensinar a tocar o piano.

A professora tentou se aproximar de Deocleciano várias vezes, fazendo carinho em seu rosto, no seu peito, pegando a sua mão e colocando-a sobre suas pernas. Depois tentou fazer carícias sobre todo o seu corpo, tentou beijá-lo... Ela era gentil e delicada, mas assustava Deocleciano. Ele não falava nada, mas estava tenso. A professora percebeu que aqueles gestos não estavam surtindo o efeito esperado e resolveu conversar com Deocleciano abertamente.

— Querido Deocleciano, porque essa timidez? Estamos aqui sozinhos. Como combinamos, nada será compartilhado com ninguém. Seu pai e sua mãe não saberão o acontece aqui dentro. Gosto de você e queria que você gostasse de mim. Assim, podemos tirar a roupa, deitar na cama e brincarmos do que você quiser.

Deocleciano começou a chorar: — Eu não gosto de brincar com meninas, desabafou, sem sentir.

A professora compreendeu, as suspeitas do padre eram reais. Então resolveu mudar seus ensinamentos.

Os dias passavam e Deocleciano mudou completamente, parecia muito feliz. O Coronel estava ansioso e na expectativa dos resultados... Teria ela conseguido seduzi-lo? Era muito provável, pois ele estava feliz. Precisava confirmar suas suspeitas. Chamou Deocleciano de um lado e perguntou: — E então? A professora tem lhe ensinado tudo?

Ele disse: — Pai, você não tem ideia das coisas que ela me ensina.

Estava confirmado, ela havia seduzido o garoto e ele estava gostando. Aquele peso saíra de suas costas. Agora era arrumar uma noiva e casá-lo rapidamente, já que a professora não ficaria para sempre naquela casa.

O Coronel achou que agora era ele quem deveria ter umas aulas com a professora; afinal, se ela fizera o filho tão feliz, deveria ter técnicas que ele não conhecia. Valia a pena tentar. Novamente convidou-a para passear pela fazenda com a intenção de encontrar um jeito de convidá-la para um encontro amoroso.

Durante a caminhada, ele perguntou como o filho tinha se saído. Olhando-o de lado, ela respondeu: — Meu trabalho é confidencial, não posso comentar com ninguém o que acontece lá dentro. Isso é combinado com o garoto e é a sua segurança de que nada será de conhecimento público. O resultado deverá ser observado por todos com uma mudança natural na pessoa e não por uma ação de terceiros. Desculpe-me, Coronel, mas é sigilo profissional.

O Coronel não estava acostumado a ser contrariado, mas diante daquela mulher ele aceitou seus argumentos. Ela era forte e decidida e isso aumentou ainda mais o seu desejo, ele não poderia esperar mais.

Ele se aproximou dela e perguntou: — A senhora gostaria de me ensinar as mesmas técnicas que ensinou ao Deocleciano?

Ela riu e disse: — O senhor quer aprender a tocar piano?

Ele ficou sem palavras, não sabia o que responder e nem como continuar a conversa. Ficou calado, aborrecido. Dona Clotilde o salvou quando, chegando à varanda, gritou: — Leocádio, professora, o jantar está servido.

Aquela era a sua última noite na fazenda, iria embora no dia seguinte. Por isso pediu a Deocleciano que tocasse uma música para todos. Ele, meio envergonhado, sentou-se ao piano e tocou as primeiras notas em público. Foi muito aplaudido. Em tão pouco tempo, ele havia aprendido muito! A professora o elogiou pela dedicação aos estudos e deixou com ele vários exercícios, informando a todos que ele teria um futuro brilhante tocando piano. O Coronel ficou ressabiado. Teria ela o ensinado a tocar piano ou seduzido o garoto?

Ela despediu-se de todos e ganhou um grande beijo de Deocleciano. O Coronel se alegrou, suas dúvidas diminuíram. Aquele beijo era mais do que despedida, era quase de paixão. O filho estava pronto para o casamento. A professora Arlete voltou para casa satisfeita com o trabalho feito, mas logo telefonou para um amigo.

— Olá, Zé Antônio, acho que descobri uma mina de ouro para você.

4

Depois de combinar tudo com a professora, o padre marcou a data de sua viagem, escreveu para o Coronel e partiu para o Rio de Janeiro, de Vera Cruz. O trem noturno saiu de Belo Horizonte às dezenove horas, mas o padre já estava na estação desde as cinco horas da tarde, pois não poderia perder aquele trem de maneira nenhuma.

Desembarcou no Rio, foi para a cúria, tomou um banho, trocou de roupa e foi até o cais do porto comprar a sua passagem para a Itália. O navio sairia em dois dias com destino final em Gênova. O padre esperou com ansiedade os dois dias se passarem e, quando chegou o grande dia, quase nem dormiu. O navio partiria às seis horas da manhã e o embarque começaria à meia-noite. Às 22 horas o padre já estava a postos e foi um dos primeiros a embarcar.

A viagem foi tranquila, boa comida, uma cabine confortável, muitas pessoas no cais para conversar. A primeira parada do navio foi em Recife, mas não houve tempo para desembarcar, já que era apenas para reabastecimento. Zarparam com destino a Cabo Verde e pararam na Ilha de São Vicente, onde puderam desembarcar, pois a viagem somente prosseguiria no dia seguinte. Alguns dias depois ele já avistou o porto de Gênova, que conhecia bem, pois fora dali que, muito anos antes, ele partira rumo ao desconhecido, para ser um missionário de Cristo. No desembarque, muita demora, o desembaraço alfandegário, a inspeção de saúde e, finalmente, a saída.

Sua surpresa foi enorme. Sua família o esperava. Seus irmãos e sua mãe, já bem velhinha, fizeram questão de ir recebê-lo. Foram para casa para aproveitar o filho que voltava à terra natal depois de uma grande ausência. Foram muitos meses de alegria e felicidade que o rejuvenesceram, mas o dia do retorno chegou.

Seis meses tinham se passado. Quando voltou, padre Giovanni quis saber as novidades. Procurou o Coronel e foi logo perguntando: — A professora trabalhou direito? Conseguiu seduzir o menino?

O Coronel, cheio de orgulho, descreveu o beijo e a mudança de atitude do filho: — Ele hoje é outro homem! Agora precisamos arrumar uma boa moça, fazer logo esse casamento e encher aquela fazenda de netos!

— O senhor já conhece a filha do Severo?

— Aquela que foi para o colégio interno das irmãs Carmelitas?

— Sim, essa mesmo. Ela está de volta, passando as férias na casa dos pais. Pelo que soube, ela não quer voltar, para o desgosto de dona Doralice, que fazia muito gosto que se tornasse uma freira. Acho bom o senhor visitá-la, quem sabe ela é um bom partido para o Deocleciano?

O Coronel achou boa a ideia, mas por outros motivos iria lá, encontrava com Doralice e conhecia a menina. Quem sabe ela serviria para nora? Podia até ter algumas bezerras para comprar.

Voltou para a fazenda, mandou Danilo preparar o cavalo e seguiu para a casa do Severo. Ficou imaginando se não seria um dia em que Severo estaria fora e, assim, teria liberdade para seu encontro com Doralice.

De longe, viu que seu desejo não poderia se realizar. Bem na varanda estavam Severo, Doralice e uma moça, muito provavelmente a filha do casal, à qual o padre se referiu. Foi chegando e logo que Severo reconheceu o cavalo do Coronel Leocádio, desceu da varanda para recebê-lo, com um longo cumprimento.

— A que devemos a honra, Coronel? Vamos entrar.

Virando-se para Doralice, ele lhe disse gritando: — Vá preparar um café e asse uma bandeja de pão de queijo, que o Coronel chegou. Ela logo entrou e a filha a acompanhou.

Severo e o Coronel conversaram muito sobre o gado, o preço dos animais, sobre a chuva e a seca, os empregados, até que Doralice avisou que o café estava pronto. O Coronel entrou pela porta da cozinha e ficou paralisado com o que viu. Não acreditou em seus olhos. À sua frente estava Maria Flor, a mais linda mulher que ele já havia visto. Cabelos presos, olhos azul-claros como de uma água--marinha, a perfeição do rosto, seus lábios, sua pele rosada — um conjunto sem defeito, ela era linda. Doralice, percebendo a reação do Coronel, e um pouco enciumada, falou assim: — Coronel, essa é Maria Flor, nossa filha que estava no convento.

O Coronel recuperou-se de seu transe, deu um grande abraço na moça e falou: — Quando você saiu daqui era uma menina magrela e feiosa. Agora você volta essa mulher linda... O que aconteceu? Virando-se para o Severo disse: — Quero essa moça para ser minha nora. Estou aqui pedindo a mão da sua filha para o meu filho Deocleciano.

Todos ficaram assustados, entre eufóricos e desconcertados. Era isso mesmo? Ele sequer tinha trocado uma palavra com ninguém sobre isso. Por outro lado, ter uma filha casada com o filho do Coronel era a glória, era tudo o que qualquer família desejava. Os filhos do Coronel eram os melhores partidos da região. Isso garantiria uma velhice despreocupada. Maria Flor era sua única filha. Casá-la era seu maior desejo, ainda mais nessas condições.

A única preocupação era sobre o que alguns falavam de Deocleciano, mas, com certeza, se ele se casasse acabaria com quaisquer comentários.

Severo, quase sem fala e ainda se recuperando do susto, respondeu: — Com o maior prazer, Coronel. Que Deus abençoe essa união.

O Coronel não era homem de meias palavras, agradeceu ao casal e disse: — Vamos procurar o padre Giovanni e preparar a cerimônia, isso não pode demorar.

— Doralice — falou com a entonação de quem dá uma ordem —, você e Clotilde resolvem o enxoval, tudo da melhor qualidade. Não regateiem preço, comprem do bom e do melhor. Eles vão morar lá em casa. Vou mandar construir mais um quarto e comprar móveis novos. A festa será lembrada por muitos anos.

Ninguém nunca tinha visto o Coronel tão empolgado. Maria Flor assistia àquilo sem nada entender. Estavam resolvendo o seu casamento, seu noivo, sua festa, seu enxoval... e ela não participava de nada? Mas se o pai e a mãe estavam de acordo e se o Coronel estava eufórico, estava tudo certo.

5

Sentado à frente do piano, Deocleciano pensava na professora, dona Arlete. Que dias maravilhosos eles passaram juntos... Nunca ouvira palavras tão doces, nunca amara ninguém antes. Ora no piano, ora sentados na cama conversando, ela o compreendia, o incentivava, falava as palavras que ele sempre desejara ouvir. Aquilo inundava sua alma de alegria, lhe dava inspiração, lhe fazia crer no mundo, nas pessoas, no amor, em Deus. Ah, se todas as pessoas pensassem como ela... o mundo seria muito melhor.

Mas essas lembranças enchiam seus olhos de lágrimas, seus sentimentos se misturavam. Sentia alegria ao relembrá-la e tristeza ao perceber que jamais a veria de novo, jamais a abraçaria ou beijaria o seu rosto. O pior, no entanto, é que ninguém jamais ouviria suas angústias com tanta compreensão, nem diria as palavras certas para acalmar seu coração.

Sua mãe passou pelo quarto, viu Deocleciano chorando, abraçou-o e disse baixinho: — Não chore, pois um homem não chora. Se seu pai chegar e o vir chorando, ele vai ficar bravo com você. Vá para o seu quarto, leia um livro, pinte um quadro, esqueça sua amargura.

Suas palavras foram abafadas pelo barulho do Coronel chegando em casa. Jogando o chapéu de lado, gritou: — Deocleciano, Clotilde, venham cá! Vou lhes dar a melhor notícia do ano!

Deocleciano correu para limpar os olhos e despistar o vermelho produzido pelo choro. Dona Clotilde veio correndo e disse ao Coronel: — Calma, ele estava chorando, provavelmente com saudades da professora Arlete, mas já passou. Conversei com ele, e ele parou.

O Coronel riu. Aquela era a outra melhor notícia do ano. Quando Deocleciano chegou o pai foi logo perguntando: — O choro era de saudades da professora Arlete?

Deocleciano, meio em dúvida, sem saber o que responder, gaguejou, e o pai então concluiu: — Ter saudades dela é coisa de homem, não se envergonhe. Mas agora eu vou lhe dar uma notícia que vai acabar de vez com seus problemas.

Dona Clotilde, que já desconfiava da verdadeira função da professora, logo ficou angustiada, esperando a notícia, com apreensão. Deocleciano tremeu. Será que ela voltaria? Seria magnífico. Mas por que a empolgação, pois se nem da primeira vez ele estava tão alegre? Era melhor ouvir o pai e se preparar para o que quer que fosse essa grande notícia.

O Coronel pediu uma bebida. Ele gostava muito de um licor de jabuticaba que dona Clotilde fazia, mas hoje era um dia especial, necessitava de uma bebida especial. Mandou buscar um conhaque que ele guardava para estas situações. Hoje ele queria um Napoleon, um conhaque excelente que ele ganhara do governador, na última visita que ele fizera.

Ele queria beber com estilo. Mandou acender uma vela, aqueceu o copo, acendeu um charuto Ouro de Cuba, deu uma boa tragada, bebeu um gole generoso, sentiu o calor da bebida invadir seu interior, deu um grande suspiro e falou pausadamente: — Deocleciano, você vai se casar!

O silencio dominou o ambiente. Dona Clotilde ficou lívida. Deocleciano tremeu. Depois de alguns segundos, dona Clotilde disse com a voz meio embargada: — Que história é essa, Leocádio? Deocleciano ainda é muito novo, mal fez dezoito anos, como vai se casar?

Deocleciano suava frio, não conseguia dizer uma só palavra. Ah,

se dona Arlete estivesse aqui, pensou ele, ela me diria o que fazer. Agora estou eu aqui, perdido, sem ação, sem vontade de reagir, com vontade apenas de morrer, de sumir daqui, de ir embora. Seus pensamentos foram interrompidos pela voz do Coronel:
— Então, estão todos felizes? A noiva é a Maria Flor, filha do amigo Severo, moça boa, bonita e bem preparada. Amanhã ela virá aqui para lhe conhecer e fazer os preparativos para o casamento... Você, Clotilde, junto com Doralice, vão preparar o enxoval e a festa. Quero coisa grande, muita gente, a cidade toda vai ver meu filho Deocleciano se casar. Vou chamar os deputados e o governador. Quero que seja o acontecimento do ano!

— E então, Deocleciano, está feliz? — perguntou o Coronel.

Deocleciano, meio trêmulo, respondeu quase gaguejando: — Se essa é a sua vontade, pai, estou feliz. Saiu da sala, foi para o seu quarto e começou a chorar.

Dona Clotilde sentou-se perto do Coronel, um pouco constrangida, pois ela jamais comentara ou se opusera a nenhum desejo de Leocádio, mas, naquela situação, era preciso argumentar. Poderia ser inútil, mas tinha de ser feito.

— Leocádio — falou ela com todo cuidado —, você acha mesmo uma boa ideia o Deocleciano se casar tão cedo? Ele sequer conhece o mundo lá fora, não sabe nada da vida. Assumir a responsabilidade de um casamento é coisa muito séria. Talvez fosse melhor mandá-lo para o colégio interno, ele se formaria, conheceria outras pessoas e aí, mais maduro, ele voltaria e nós faríamos o casamento dele.

O Coronel respondeu de pronto: — Ele perderia Maria Flor. Uma moça boa como aquela não ficaria solteira por mais um ano de jeito nenhum. Assim, quando ele voltasse, seria tarde, ela já estaria casada. E, de mais a mais, ele amadurece aqui em casa mesmo, nós vamos ajudá-lo.

Clotilde saiu da sala arrasada e foi direto para o quarto de Deocleciano. Ela o viu chorando, o abraçou de forma muito carinhosa e lhe disse: — Calma, meu filho, tudo vai se resolver com o tempo. Vamos à igreja conversar com o padre Giovanni, pedir seus conselhos. Vamos rezar e pedir a Deus que oriente seu pai. Quem sabe ele mudará de ideia.

Deocleciano olhou para a mãe, soluçou e disse: — A senhora sabe que ele não muda de opinião. É melhor nos prepararmos para o casamento. Eu vou conseguir superar isso, com a força e a orientação da professora Arlete, e vou deixar meu pai feliz.

Trancou o quarto, sabia que não conseguiria dormir, mas planejou como iria resolver essa situação, pela manhã. Sorriu e conseguiu dormir.

6

Na manha seguinte, logo após o café, Severo, Doralice e Maria Flor chegaram à fazenda Rincão. A mesa já estava posta, e todos muito felizes. Como Deocleciano não tinha chegado, o Coronel mandou chamá-lo. Ele chegou todo animado, com a roupa de domingo, e logo pediu desculpas a todos. Foi até a mesa, cumprimentou Severo, abraçou Doralice e, com uma grande mesura, aproximou-se de Maria Flor, com toda a cortesia, e lhe disse: — Como você cresceu! Está muito bonita! Estou muito feliz que seu pai tenha aceitado o pedido para o nosso casamento.

Todos ficaram observando sua atitude. Ele, que sempre se comportava como um menino tímido, agora agia como um cavalheiro desinibido. O que estaria acontecendo com Deocleciano? Será que estava realmente feliz com aquele casamento? Que mudança teria sido essa? O Coronel transbordava de felicidade. Deocleciano, enfim, era digno de ser filho do Coronel Leocádio, era homem macho, pronto para casar e ter muitos filhos. Assim, acabariam todas as especulações sobre suas atitudes.

Todos se sentaram à mesa. Comeram bolo, queijos, rosquinhas e uma broa de fubá especial; tomaram café, leite fresco e logo começaram as considerações sobre o casamento. Não sem antes o Coronel falar para Deocleciano: — Meu filho, leve Maria Flor para dar um passeio na fazenda. Leva-a até a beira do rio, mostre-lhe a propriedade; afinal, em pouco tempo tudo será dela também.

Eles saíram, desceram as escadas que davam acesso ao pátio da fazenda e foram caminhando lado a lado, em direção ao rio, mas não trocaram uma palavra. Deocleciano olhou discretamente para trás e viu seu pai os observando da janela. Então, pediu licença a Maria Flor e pegou sua mão, com muita delicadeza. Passou pelo jardim, colheu uma rosa branca ainda em botão, beijou a flor e entregou a ela.

O Coronel viu e sua alegria foi imensa. Aquele, sim, era filho do Coronel Leocádio. Voltou para dentro de casa e disse: — Quero esse casamento dentro de um mês.

Todos ficaram eufóricos, apenas dona Clotilde se conteve. Não entendeu o filho naquela manhã, nem a pressa do Coronel.

Danilo foi chamado para buscar o padre na igreja: — Leve a charrete e o traga aqui agora, ordenou o Coronel.

Com o grupo completo, definiram datas, roupas, festa, padrinhos, madrinhas e tudo o mais. O padre, com muita experiência, orientou a todos sobre tudo. Deveria ter uma boa música, muita comida e bebida, e deveriam imediatamente definir quem seriam os convidados.

O Coronel de pronto disse: — Convide a todos da cidade, eu quero essa casa muito cheia. Vou mandar convite para a capital e para as cidades vizinhas. Quero o governador e os deputados da região. E quem não vier jamais terá um voto por aqui!

— Todos virão, Coronel. Até o bispo virá — afirmou o padre.

O Coronel aproveitou e disse: — Quem sabe ele mesmo não celebra esse casamento?

— Ele ficaria honrado Coronel, falou o padre. Mas eu celebrei o seu casamento, dos seus outros filhos e agora não celebrar o enlace do Deocleciano com Maria Flor? Seria muita tristeza para mim.

— Eu concordo, padre — disse o Coronel —, afinal o senhor tem muita responsabilidade nesse casamento.

7

O dia do casamento chegou. A cidade estava toda mobilizada para o evento. A fazenda foi transformada num grande cenário para a festa. O pátio central, onde o Coronel fazia demonstrações de seus cavalos, foi transformado num grande altar a céu aberto, muito bem decorado, como desejou o padre Giovanni. Havia muitas cadeiras espalhadas pelo gramado. Bem à frente, junto do altar, foram colocadas poltronas mais elegantes e reservadas para o bispo, o governador e os deputados. O prefeito ficou atrás, junto com os demais prefeitos da região. A cidade toda foi chegando e se assentando.

O padre começou pedindo a benção do bispo e de Sua Santidade, o papa Pio XII. O coral da igreja começou a cantar a Ave Maria. Entrou o noivo, em um terno muito bem cortado e uma camisa branca; na lapela, uma rosa branca. Depois entraram os padrinhos. O coral parou e um corneteiro, vindo da polícia militar, começou a tocar a marcha nupcial. Maria Flor entrou deslumbrante, linda, usando um vestido branco muito rendado, com um véu cobrindo o rosto, uma bela joia pendurada nas orelhas, um anel de brilhante, tudo presente do Coronel. Seu vestido de noiva era o mais bonito que já se vira naquela cidade. Sobre sua cabeça, um véu com mais de três metros de comprimento. No entanto, o mais bonito era o sorriso nos lábios de Maria Flor, que entrou como uma rainha. Caminhou junto com Severo até o altar.

Quando Maria Flor chegou ao altar, Severo a entregou a Deocleciano, e a cerimônia começou. Na plateia, muito choro — Clotilde, Doralice, as irmãs de Deocleciano e muitas senhoras da cidade tinham os olhos vermelhos. Somente o Coronel sorria, agora ninguém mais falaria do seu filho.

A festa foi magnífica, muita comida e muita bebida. Para o governador e para os deputados foi servido uísque importado, nada de miséria. Para o público em geral, muita cerveja e muita cachaça. Vários leitões foram assados. Um sem número de frangos, perus, muita farofa, feijão tropeiro e maionese também compunha o cardápio. Pastel e pão de queijo eram servidos em baciadas. Nunca se tinha visto uma festa tão bonita e tão farta — o desejo do Coronel havia sido atendido.

A festa foi maravilhosa. O Coronel era o mais entusiasmado, até parecia que ele era o noivo. Todos saíram encantados com o casamento, foi o acontecimento do século naquela região.

Os noivos se recolheram ao final da festa, cansados, e entraram no quarto sob os olhares dos presentes. Deocleciano, cumprindo a tradição, carregou Maria Flor e entrou no quarto sob aplausos e gritos de "muitas felicidades". O quarto estava muito bonito; a cama, com roupas muito brancas e engomadas; travesseiros de penas e muitas flores enfeitavam o ambiente. Peças de crochê e tricô caíam pelas cadeiras e pelo beiral da cama. O cenário estava pronto, mas eles logo adormeceram. O dia tinha sido muito longo e Deocleciano estava de fato muito cansado. Maria Flor compreendeu e dormiu.

Nos dias seguintes, Deocleciano passou a se interessar pela fazenda, aprendeu a andar a cavalo, contratou um ajudante para acompanhá-lo na lida com o gado e com as plantações.

Saíam bem cedo de casa — Zé Antônio, seu ajudante, já o estava esperando com o cavalo arreado. Segurava o animal para Deocleciano montar e saíam os dois para a lida diária na fazenda. Era uma terra muito grande, e Deocleciano queria conhecê-la toda. Assim ficava longe de casa o dia inteiro, só voltando ao anoitecer.

Dava notícia do crescimento do milho, do feijão, da plantação de cana e das pragas que apareciam. Conversava com os irmãos, buscando informações de como tratar esses males. Consertavam as cercas que se rompiam. Vez por outra, paravam no rio e resolviam tomar um banho para se refrescarem. Como eles nunca levavam short, nadavam pelados e se divertiam bastante.

O tempo foi passando e o Coronel perguntava sobre quando o futuro neto viria, já que a barriga de Maria Flor não mostrava nenhum sinal de gravidez. Eles sempre respondiam: — Em breve seu neto chegará.

A preocupação do Coronel começava a lhe incomodar. Se ela não ficasse grávida, logo, logo os boatos começariam a surgir, e isso ele não permitiria.

O Coronel olhava aquela moça linda, com um corpo tentador e pensava: se eu fosse casado com ela não sairia de casa um momento sequer. Ficaria o dia inteiro ao seu lado. Como Deocleciano passa o dia todo fora de casa, volta somente à noite, viaja dois a três dias por semana para comprar bezerras e deixa essa mulher aqui sozinha?

Um ano se passou e o Coronel preocupado procurou o padre: — Eu preciso que o senhor me diga o que está havendo com aquele casamento. Já se passou muito tempo e nada aconteceu. Antônio, meu primeiro filho a casar, teve o primeiro filho nove meses depois do casamento.

O padre respondeu que iria pesquisar. Maria Flor ia à missa todos os domingos e confessava uma vez por mês. Logo saberia se havia algo com que se preocupar.

Na primeira oportunidade que ele encontrou a moça, chamou-a para conversar.

— Como vai o casamento, minha filha?

Ela começou a chorar. O padre, preocupado, a levou para a sacristia, longe dos olhares e dos ouvidos das pessoas, e disse: — Você quer se confessar, minha filha?

— Padre — disse ela —, eu não pequei, ainda sou virgem. Meu marido prefere ficar com o Zé Antônio, seu ajudante, a ficar comigo. Acho que ele não me ama. Ele nunca conversa comigo, não quer saber da minha companhia. Quando eu me aproximo e busco conversar, ele se afasta. Eu passo o dia rezando e pedindo a Deus que me oriente, mas nada acontece.

O padre enxugou suas lágrimas, deu-lhe alguns conselhos, ela se despediu e foi embora.

O padre necessitava urgentemente falar com o Coronel, mas tinha de ser na igreja. Ninguém poderia ver ou ouvir a conversa. Então viu Danilo na praça, mandou chamá-lo e pediu para que ele fosse até a fazenda, sem ser visto, chamasse o Coronel e avisasse a ele para vir à casa do padre imediatamente.

O Coronel chegou suando e muito nervoso: — O que aconteceu, padre? — ele perguntou.

O padre, com muito jeito e cuidado, relatou parte da conversa com Maria Flor. Como ela não quis a confissão, ele estava liberado do voto do segredo do confessionário, mas não podia falar abertamente com o Coronel, pois ele ficaria furioso.

Dosando muito as palavras, o padre começou: — Eles ainda não estão planejando ter filhos agora.

— Como não? — disse o Coronel. — Eles se casaram e precisam

procriar. Evitar filhos é contra os mandamentos da igreja. Eles não podem fazer isso.

O padre então disse: — Eles não estão evitando filhos. Eles não estão tentando ter filhos.

— Como isso é possível! — exclamou o Coronel.

— Ela ainda é virgem... — disse o padre em voz baixa, quase como uma prece.

O Coronel ficou vermelho, falou um palavrão, que ninguém nunca ousara falar dentro da casa paroquial. Levantou-se, cambaleou um pouco, escorou-se na parede, deu um longo suspiro e saiu, sem nem olhar para o padre. Sequer se despediu.

Parou no armazém, pediu uma dose de aguardente, repetiu várias vezes. Não respondeu ao cumprimento de ninguém, não via nada, não escutava nada. Usava o álcool para abafar seu sofrimento. O dono do armazém, vendo aquela cena, mandou chamar Danilo, que ainda perambulava pela cidade.

Danilo colocou o Coronel numa charrete, amarrou os cavalos e seguiu direto para o Rincão, pensando o que teria acontecido na casa do padre para deixar o Coronel naquele estado. Era melhor nem pensar nisso. Chicoteou a égua que puxava a charrete e foi rápido em direção à fazenda.

8

A primeira vez que Deocleciano viu Zé Antônio foi durante uma festa da cidade, aquelas festas de homenagem ao santo padroeiro, com barraquinhas, cavalgadas, show de sanfoneiros, muita alegria e oportunidade para encontrar pessoas novas e fazer amizades. Essa festa Deocleciano não perdia, ia a todas. Colocava sua melhor roupa, um chapéu bem vistoso, e lá ia o cavaleiro para as festas.

Ele não bebia. Gostava mesmo era de visitar as barraquinhas, comer milho assado e participar das brincadeiras. Ele amava a decoração da festa. Bandeirinhas coloridas enfeitavam os mastros de bambus ainda verdes. Bananeiras recém-cortadas e pés de milho formavam uma sequência de adereços que lembravam as fazendas e a produção da região. Caso o Coronel permitisse, ele gostaria de participar da decoração, pois em todo lado via defeitos que seriam facilmente corrigidos por um olhar mais artístico.

Ele também observava as pessoas, não importava se homem ou mulher, se velho ou novo, bonito ou feio. Aliás, esse era seu principal foco: o mais bonito, o mais bem-vestido. De repente, em suas observações, viu um rapaz alto, forte, com uma roupa bonita, mas muito usada. Imaginou que ele seria um trabalhador recém-chegado ao município, pois estava só e não dava a impressão de conhecer ninguém. Deocleciano observou sua desenvoltura, e logo seus olhares se cruzaram. Deocleciano teve um leve arrepio, um pequeno tremor, e desejou conhecer de perto aquele rapaz. Perguntou-se como se aproximaria dele, mas logo descobriu que não precisaria se preocupar, pois o rapaz veio em sua direção, resoluto e altivo.

Ao se aproximar, e para a sua surpresa, perguntou-lhe: — Você é o filho do Coronel Leocádio, o Deocleciano?

Ele, meio sem fala em razão da presença do rapaz e de sua forma direta de iniciar a conversa, respondeu: — Sim. E você quem é?

— Meu nome é Zé Antônio. Estou chegando à cidade e querendo conhecer as pessoas importantes daqui. Vamos tomar uma cerveja?

Deocleciano, meio sem jeito, disse: — Vamos. Você toma uma cerveja e eu tomo uma limonada.

Zé Antônio respondeu: — Não, se você toma limonada, eu também tomo limonada.

E logo se sentaram a uma mesa e começaram o que seria uma grande amizade. Zé Antônio precisava de um emprego, e Deocleciano, de um amigo. Assim as coisas foram facilmente se resolvendo.

No dia seguinte Deocleciano procurou Danilo e disse que havia combinado com o pai que iria visitar mais a fazenda e que viajaria para a compra de gado. Por isso ia precisar de um ajudante. Pediu a Danilo que procurasse uns interessados e os trouxesse para que ele escolhesse o ajudante.

Danilo, depois de consultar o Coronel, foi à cidade e trouxe três interessados: Zé Antônio e mais dois. Deocleciano conversou com todos, mas a escolha já estava feita.

Zé Antônio começou imediatamente suas tarefas. Acordou bem cedo, preparou os cavalos e foi até a porta da fazenda esperar o seu patrão, para iniciar a lida diária.

Era o primeiro dia de trabalho e Zé Antônio sabia que seria observado, pois o Coronel empregava muita gente, mas tinha o controle de tudo e de todos. Sabia também que, se não fizesse um bom trabalho, não adiantaria a amizade com Deocleciano. Teria de agradar a Danilo, pois ele era os olhos do Coronel.

Zé Antônio lembrou-se da festa onde conhecera Deocleciano. Lá, enquanto bebiam a limonada, tocara ligeiramente no corpo de Deocleciano e percebera a imediata reação dele. Sorriu e lembrou-se da amiga que lhe tinha sugerido se aproximar de Deocleciano. Ela dizia: — Se você quer se dar bem naquela cidade, faça amizade com Deocleciano. Ele pode render muitos frutos, é sozinho, não gosta de mulheres e vive fechado na fazenda. Tenho certeza de que gostará de ter um companheiro para se divertir.

Eles saíram para a lida, foram ao curral, conversaram com os irmãos, se informaram das necessidades do gado, perguntaram sobre a alimentação, as plantações, onde estava o canavial e a plantação de milho e foram visitar todas. Deocleciano não entendia nada de agricultura ou pecuária, mas Zé Antônio conhecia muito bem. Quando voltaram ao curral, relataram vários pequenos problemas de ervas daninhas, de insetos que estavam danificando o milho e muitas outras questões relativas à plantação, o que deixou todos encantados com o conhecimento dele. Pediram que ele continuasse observando e dando ideias para solucionar os problemas.

Mais tarde, quando Danilo relatou o fato ao Coronel, fez questão de lembrar que ele tinha selecionado o ajudante e que parecia ter acertado na escolha.

Eles não se tocaram. Deocleciano ficou um pouco decepcionado, mas compreendeu que eles estavam sendo observados e que seria melhor não correr riscos.

Os dias se passaram. Deocleciano chamou o companheiro para visitar o rio. Havia uma praia de areia, num recanto bem afastado do Rincão, onde eles poderiam refrescar-se, já que o calor daquela tarde estava insuportável.

Chegando lá, amarram os cavalos numa árvore e desceram até a praia, não sem antes dar uma boa olhada em volta, para verificar se estavam mesmo sozinhos.

Inicialmente ficaram apenas de cueca, molharam os pés, brincaram e correram pela areia fofa. Então caíram um sobre o outro, se entreolharam, suspiraram e Zé Antônio beijou a boca de Deocleciano.

A primeira reação de Deocleciano foi levantar e correr. Mas não podia, estava inebriado com o momento. Havia sonhado com aquele beijo desde muito cedo, mas nunca tivera a oportunidade ou a coragem de aceitar.

E agora o que iria acontecer? O que fazer? Era sua dúvida. Estava em pânico, suava sem saber qual sentimento era mais forte — o medo ou a paixão.

Enquanto ele divagava, Zé Antônio tirou a roupa, deixou à mostra seu membro ereto como Deocleciano nunca tinha visto. Ele não sabia o que fazer. Zé Antônio roçou seu membro nas mãos e Deocleciano o segurou, acariciou-o, deixando-o ainda mais duro... Ele salivava, não resistiu e o beijou. Sentiu um prazer imenso com aquele membro em sua boca. Zé Antônio brincava colocando-o e tirando-o devagar da sua boca. Cada vez que saía, Deocleciano suspirava de prazer. Ele começou a acariciar o corpo de Zé Antônio, deslizando suas mãos em seu rosto, no peito cabeludo e, descendo pelas costas, atingiu suas nádegas. Desceu então o dedo e o enfiou no ânus de Zé Antônio. Esse entendeu a mensagem, virou Deocleciano de bruços e, com habilidade e carinho, o penetrou. Deocleciano sentiu um prazer imenso, primeiro pelo carinho, depois pelo ritmo que Zé Antônio impôs. Ele delirava, gemia, gritava de pura alegria. Queria que esse momento durasse para sempre. Quando Zé Antônio enfim parou e ele sentiu o jato quente fruto daquele momento de amor nas suas entranhas, ele se sentiu o ser mais feliz do mundo. Deus ouvira suas preces e lhe mandara um anjo.

Os dois entraram no rio, tomaram banho, se beijaram e de mãos dadas ficaram brincando com a água. Na saída Zé Antônio perguntou: — Doeu muito?

Ele respondeu: — O perfume de uma rosa é muito maior do que a dor de seu espinho. Eu só senti prazer.

A volta para casa foi de grande constrangimento e dúvidas para Deocleciano. O que ele falaria agora? Que estava apaixonado? E se aquilo tivesse sido apenas um ato sem consequência de Zé Antônio? Perguntaria a ele alguma coisa, como "você gostou?" E se ele respondesse não? O que ele faria? Era melhor calar e esperar os acontecimentos.

A fazenda estava chegando. Como entrar em casa? Como encarar seu pai? Maria Flor? O que dizer? Como justificar sua alegria? Então se lembrou dos conselhos da professora Arlete. Ergueu a cabeça, despediu-se de Zé Antônio com singeleza, entrou em casa, cumprimentou a todos, pegou uma toalha e foi para a sala da banheira. Pediu água quente, encheu a banheira e ficou em contemplação.

9

A notícia da bebedeira do Coronel já havia chegado à fazenda bem antes de a charrete sair da cidade. Todos estavam em polvorosa. O que havia acontecido com o Coronel? Ele nunca bebia fora de casa, nunca permitiria ser visto embriagado e agora era a notícia da cidade.

Dona Clotilde mandou preparar a banheira com bastante água quente, fez um café forte e aguardou. Os filhos logo vieram para a casa grande e queriam saber do acontecido. Ninguém ousava apresentar uma opinião.

Quando a charrete chegou, todos desceram até o pátio da entrada da fazenda para ajudar o Coronel. Ele logo reagiu gritando: — Saiam todos!

Cambaleando, tentou subir as escadas da varanda, mas lhe faltavam forças. Mesmo segurando no beiral da escada, o corpo não obedecia ao comando do cérebro. A cada tentativa caía, forçava o corpo, se erguia novamente e logo após era outro tombo.

Dona Clotilde avançou até a escada e amparou o Coronel com toda a delicadeza. Ele novamente gritou: — Me larga, sua desgraçada!

Ela não o largou. Segurando seu corpo pesado, ela o ajudou a subir os primeiros degraus. O Coronel virou-se para trás e acertou um tapa no rosto de Clotilde, atirando-a no chão. Ela rolou pelos degraus e foi amparada pelo filho, que assistia a tudo ao pé da escada. Ela se levantou, foi até o Coronel, colocou a mão em seu ombro e o levou para a cama.

O Coronel deitou-se de roupa e tudo, ainda com o chapéu na cabeça. Não viu mais nada. Dormiu imediatamente, não sem antes falar alto: — Eu mato aquele desgraçado!

Dona Clotilde tirou suas botas e meias. Com dificuldade, tirou seu paletó e suas calças. Foi até a cozinha, encheu uma vasilha de água morna, pegou uma toalha limpa e voltou para o quarto. Fechou a porta e começou a tirar o suor acumulado no corpo do Coronel. Ela passou a noite toda a seu lado, sentada na cama. Vez por outra ele se levantava, vomitava e cuspia. Ela lavava seu rosto, limpava o chão, trocava a roupa de cama e o travesseiro e voltava a se sentar.

Pela manhã, quando o Coronel acordou, tinha ao seu lado um bule de café forte, umas rosquinhas frescas e muita água. Dona Clotilde ofereceu primeiro a água, que ele bebeu com sofreguidão: um, dois, três copos. Sua boca amargava, estava seca, com um gosto muito ruim. Tomou um bom gole de café, mas o estômago rejeitou qualquer tipo de comida.

Ele se levantou, foi até o banheiro e viu a banheira com água fumegante. Esvaziou a bexiga e mergulhou na banheira. A água quente fazia milagres. Ele já compreendia o que havia acontecido e sabia como reagiria. Quando Clotilde entrou no banheiro, olhou-a desconfiado. Viu que ela portava uma bucha e o sabão. Não disse nada. Ela então começou a lavar suas costas.

Com a cabeça ainda doendo, mas refeito da noite anterior, o Coronel se vestiu. Foi para a sala, acendeu um charuto e ficou olhando para o tempo. Até aquele momento ele não havia dito nenhuma palavra e ninguém ousara lhe perguntar nada. Apagou o charuto no cinzeiro de cristal que havia no centro da mesa e mandou chamar Deocleciano e Maria Flor.

Seguiu com eles para o quarto que tinha mandado fazer para o novo casal. O Coronel nunca havia entrado naquele quarto depois que ele fora mobiliado e decorado para a lua de mel. Ele observou o bom gosto: a cama era de madeira maciça com colchão de capim macio, a penteadeira com um bom espelho, um grande lampião no canto, vários produtos de beleza, água de rosas, talco, tudo sobre um delicado bordado de flores num fundo muito branco, uma cadeira e um grande guarda-roupa. Tudo muito organizado e limpo.

O Coronel olhou para os dois com a cara muito séria, o que logo assustou Maria Flor e fez Deocleciano suar frio. Olhando firme para os dois, falou baixo: — O que eu vou dizer aqui agora vocês não poderão comentar com ninguém, entenderam?

Os dois concordaram com um movimento de cabeça. O Coronel continuou: — Vocês estão casados há mais de um ano, e Maria Flor ainda é virgem! Acabou. Vou lhes dar um mês para consumar esse casamento e para você, Deocleciano, engravidar sua mulher. Depois disso, se nada acontecer, eu resolvo do meu jeito.

Saiu, bateu a porta, desceu a escada, pegou o cavalo e saiu a galope. Danilo, que estava distraído, montou e saiu atrás do Coronel.

Ele foi para a cidade, parou no mesmo bar e perguntou: — Quanto eu lhe devo de ontem?

— Nada, Coronel, o senhor pagou na saída.

— Aconteceu alguma coisa aqui ontem?

— Não —, respondeu o dono do armazém.

O Coronel saiu. Procurou o Damasceno, um fazendeiro amigo, e lhe disse: — Preciso do seu Jipe. Vou a Belo Horizonte, passar um mês lá. E me arrume um motorista que vá e volte. Daqui a um mês manda ele me buscar.

Duas horas depois, Zico, o motorista, estava no Rincão, parado, esperando o Coronel. Clotilde arrumou sua mala e ele saiu, sem dizer uma palavra sequer a ninguém da casa.

10

Na fazenda, o ambiente era o pior possível. Ninguém sabia de nada, ninguém comentava nada. Ninguém, nem mesmo Danilo, sabia do paradeiro do Coronel Leocádio. O que havia acontecido?

Dona Clotilde primeiro procurou seu filho Deocleciano e tentou descobrir o que seu pai havia dito naquele quarto. Ele, que tinha jurado silêncio e estava com muito medo, não disse nada. Ela então procurou Maria Flor. Essa, em pânico, não falou nada. Os filhos Antônio e Sebastião pressionaram Deocleciano, mas ele nada comentou.

Na manhã do dia seguinte, Maria Flor chamou Deocleciano e lhe disse: — Vou para a fazenda de meus pais para respirar um ar mais puro. Volto em alguns dias. Não vou dizer nada do que aconteceu aqui a ninguém, mas você precisa resolver o que vamos fazer, pois só temos um mês para dar uma resposta a seu pai. E como você não quis fazer nada neste último ano… você precisa encontrar uma solução.

Ela pediu uma charrete e foi sozinha para casa da mãe. Deocleciano não sabia o que dizer, precisava ouvir os conselhos de quem ele confiava. Então ele mandou chamar Zé Antônio e pediu que ele preparasse o cavalo, pois ele queria conversar e cavalgar. Quando os cavalos chegaram, os dois saíram em disparada rumo à praia do rio.

Lá, em seu recanto de amor, eles poderiam conversar e encontrar a melhor solução. Zé Antônio agora era o seu melhor conselheiro. Depois da professora Arlete, ele era o único que o amara e o entendera. Aquele seria o lugar e o momento para relaxar e buscar uma solução.

Chegaram ao rio, desceram do animal e foram para a areia. Deocleciano queria desabafar, contar tudo e ouvir dele as palavras de amor que o reconfortariam. Ele contou sobre o encontro com o pai e Maria Flor no quarto, sobre as palavras duras do Coronel e sua fuga súbita. Deocleciano estava apavorado e precisava encontrar uma solução para ele e Maria Flor. Ele teria 30 dias para consumar o casamento e engravidar sua mulher. Mas como ele faria isso? Não sentia absolutamente nada por ela, amava Zé Antônio. Não conseguiria ter uma ereção. Seu pai o mataria e o deserdaria? Iria mandá-lo para outra cidade longe daqui?

Zé Antônio o acalmou, beijou seu rosto, satisfez seus instintos e depois, enquanto Deocleciano descansava com a cabeça em seu colo, Zé Antônio deu o tiro de misericórdia. Calmo, resignado, ele disse a Deocleciano: — Gostaria muito de estar ao seu lado neste momento difícil, mas terei de partir amanhã.

Deocleciano deu um pulo e, em puro desespero, disse: — Não! Você não pode me abandonar nesta hora, isto seria uma traição! Afinal, durante todo esse tempo, nós temos nos amado muito. A cada dia que vimos aqui, você faz uma coisa diferente, me surpreende, me amando de um jeito novo, e sempre eu estou ao seu lado, ajudando-o naquilo que você precisa. Somos almas gêmeas, nada pode nos separar.

Zé Antônio respondeu: — Não, meu amor, eu jamais o trairia, eu também o amo muito. Mas aconteceu uma tragédia na minha família. Eu preciso voltar para trabalhar e ficar perto de minha mãe. Ela está muito doente, precisa de uma cirurgia muito cara. Como ela não tem recursos, eu preciso voltar para ajudá-la. Tudo o que você tem me presenteado me ajuda muito, mas não atende às necessidades atuais. Desculpe-me, mas eu voltarei assim que eu arrumar a grande quantia em dinheiro que ela precisa.

Deocleciano pensou rápido. Ele não pode me abandonar e eu não posso abandoná-lo. Meu amor por ele vale mais do que qualquer dinheiro. Então disse: — Eu sei onde meu pai guarda suas reservas, posso buscar para você essa quantia. Você manda para sua mãe e assim não precisa ir embora. Fica aqui comigo e me ajuda a resolver essa questão. Estou sozinho, pois até Maria Flor foi para casa dos pais.

— Não, Deocleciano, eu não posso aceitar esse seu sacrifício. Meu amor por você é puro e não interesseiro. É melhor nos despedirmos, vou partir.

Deocleciano abraçou Zé Antônio.

— Não vá, meu querido, eu morreria sem o seu apoio. De que vale o dinheiro sem o afeto, sem a companhia, sem o amor? — Deocleciano foi convincente e logo Zé Antônio resolveu aceitar.

Assim combinados, voltaram para casa. Deocleciano disse baixinho: — Amanhã cedo sairei para cavalgar e trago o dinheiro. Você soluciona o problema de sua mãe, fica comigo e tudo se resolve.

Zé Antônio partiu no dia seguinte com o dinheiro, prometendo voltar em dois dias. Para Deocleciano, esses dias seriam os mais longos da sua vida.

11

O Coronel chegou a Belo Horizonte, procurou logo o hotel Financial, que ficava na Avenida Afonso Pena, perto da Feira de Amostras. Entrou, foi logo reconhecido pelo atendente, que o cumprimentou e desejou boa estada.

— Quantos dias o senhor fica conosco, Coronel?

— Desta vez fico muito tempo. Quero um quarto para trinta dias, respondeu o Coronel.

— Pois não. Vou separar o melhor quarto, com banheiro e de frente para a avenida. Vou levar suas malas para o quarto. Aqui está sua chave. O senhor deseja mais alguma coisa?

— Claro. Mande chamar a Ritinha, que ela esteja aqui em uma hora.

O Coronel subiu, tirou a roupa cheia da poeira da estrada, tomou um banho, vestiu uma cueca limpa, acendeu um charuto e ficou esperando a Ritinha chegar. Ela era uma morena linda, de pouco mais de 20 anos. Tinha olhos pretos e cabelos castanhos e longos, que muitas vezes estavam soltos. Mas o Coronel preferia quando ela fazia tranças, pois ficava parecida com uma colegial, o que aumentava muito o desejo do Coronel. Durante o dia ela trabalhava como recepcionista num escritório da cidade, bem ao lado do hotel, e à noite ela circulava pelas melhores casas noturnas de Belo Horizonte, dançando, fazendo companhia aos fregueses. No final da noite saía com um felizardo escolhido a dedo.

Ela não atendia a chamados de clientes em hotéis, uma vez que tinha seus compromissos muito bem agendados e não iria mudá-los para aceitar um convite qualquer. Além disso, ela tinha certo receio de clientes que não conhecia. Mas um chamado do Coronel Leocádio ela nunca recusaria. Ele era um cliente muito especial, pagava muito bem e desfilava com as garotas nos melhores restaurantes da cidade. O que ele mais gostava era o Bella Napole, que ficava na sobreloja do edifício, em frente ao hotel, e era o ponto de referência da sociedade de BH. Tomavam champanhe, comiam lagostas e camarões, e o Coronel a tratava como rainha.

Todas as garotas invejavam Ritinha, pois ela era a preferida do Coronel. Mas quando ele chegava todas ficavam se mostrando para ganhar simpatia dele, sempre na esperança de um dia serem convidadas.

O resto do dia transcorreu como previsto: muita animação na cama e, depois, passeio pela cidade. Ele mandou chamar um carro de praça, desceu com Ritinha, e os dois foram passear. Visitaram o Parque Municipal, a Praça da Liberdade, vários outros pontos que eles já conheciam, mas sempre voltavam. Pararam na porta do restaurante. O atendente abriu a porta, sorriu para Ritinha, deu boas vindas ao Coronel, pagou o carro de praça e ficou olhando os dois subirem as escadas.

A melhor mesa já estava reservada para o Coronel. Ele fez questão de puxar a cadeira para Ritinha e depois sentou-se. O maître logo os recebeu com um sorriso aberto e mandou trazer o champanhe — francês, é claro. Os dois brindaram e sorveram a taça com os braços entrelaçados.

No meio do jantar entrou no restaurante um deputado amigo do Coronel, também acompanhado de uma linda garota, se dirigiu à mesa do Coronel e o cumprimentou em voz alta: — Grande correligionário Leocádio! Que alegria lhe encontrar aqui no restaurante. Eu estava mesmo necessitando lhe falar, mandei um emissário hoje cedo para procurá-lo.

O Coronel queria tudo, menos falar de política ali, naquela hora. Estava pronto para dispensar o deputado quando este lhe disse: — Agora não é uma boa hora, vamos marcar amanhã. Eu o procuro no Financial para almoçarmos juntos.

O Coronel concordou e, para seu alívio, o deputado saiu. O Coronel puxou Ritinha para dançar, beberam mais champanhe e se divertiram muito. Quando o Coronel já estava muito cansado, Ritinha o pegou pelo braço, atravessou a avenida, subiu até o quarto e lhe perguntou: — Eu fico aqui hoje ou volto amanhã?

Um aceno de mão foi tudo o que o Coronel fez antes de dormir.

Ritinha tirou sua roupa, vestiu-lhe o pijama, ajeitou seu corpo na cama, cobriu-o com um lençol e uma colcha, deu-lhe um beijo no rosto, apagou a luz e saiu.

12

Zé Antônio saiu da cidade, ficou passeando pela região, elaborando um plano para salvar sua fonte de financiamento. Logo vislumbrou uma saída que lhe pareceu muito boa, pois lhe daria muita satisfação, além de ajudar Deocleciano.

No segundo dia de seu retiro, com as ideias bem elaboradas, ele voltou para a cidade, mas não foi para o Rincão. Dirigiu-se para a fazenda Santa Bárbara, cujo proprietário, Severo, era pai de Maria Flor, e era onde ela estava descansando.

Desmontou de seu cavalo, bateu palmas para chamar a atenção e, quando Doralice apareceu na porta, ele a cumprimentou, saudando-a com reverência e disse: — Eu trabalho na fazenda Rincão, meu nome é Zé Antônio. Sou o ajudante de Deocleciano e trago um recado dele para a senhora Maria Flor.

Doralice logo o mandou entrar, ofereceu um café e foi chamar Maria Flor. Zé Antônio observou quando ela surgiu no corredor. Estava linda, com um vestido rodado, com estampas de flores do campo, e uma sandália que deixava seus pés à mostra. Isso logo excitou Zé Antônio, pois um de seus fetiches eram os pés de uma mulher, seus pequenos dedos em formação perfeita. Ele logo se imaginou beijando aqueles pés.

Maria Flor tinha certa desconfiança dele, pois suspeitava das saídas e viagens dos dois — ele e Deocleciano —, muitas vezes sem nenhum sentido. Mas se ele trazia uma mensagem do marido, ela precisava ouvir.

Zé Antônio se levantou do banco, cumprimentou-a e disse: — Dona Maria Flor, seu marido lhe pede para voltar ao Rincão. Ele mandou lhe dizer que encontrou a solução. Pediu-me também que eu a acompanhasse, caso a senhora assim o desejasse.

A curiosidade logo aflorou à mente de Maria Flor. Que solução mágica teria Deocleciano encontrado? Por que mandar me chamar? Será que ele resolvera consumar o casamento? E as diversas oportunidades que ele tentou e não conseguiu ter uma ereção?

Ela ficou excitada, pois há muito aguardava ter o matrimônio consumado. Havia esperado muito tempo pelo casamento. Enquanto estava no convento, tinha conseguido secretamente alguns livros que falavam de sexo e que a deixavam eufórica. A frustação com o desempenho de Deocleciano era um tormento, e essa mensagem a encheu de esperança novamente.

Ela não podia demorar, deveria voltar imediatamente para o marido e descobrir a forma de satisfazer seus desejos. E ainda escapar da ira do Coronel Leocádio que a atormentava e não deixava dormir.

Dispensou Zé Antônio, falou que não precisava de companhia. Tinha vindo sozinha e voltaria sozinha. Mandou preparar a charrete, colocou suas roupas numa sacola, despediu-se da mãe e do pai e esperou o mensageiro partir. Deu-lhe meia hora de frente, para não correr o risco de encontrá-lo na estrada, e partiu rumo ao Rincão.

Ela mal tinha se afastado da fazenda do pai, quando avistou o cavalo de Zé Antônio amarrado em uma árvore à beira da estrada. Ela foi se aproximando e viu o cavaleiro fazendo um sinal para ela parar. Teria acontecido algo? Parecia que não. Ela ia dizer alguma coisa, quando Zé Antônio falou: — Eu não dei o recado completo, pois não podia falar na frente de seus pais. Por isso esperei você aqui para completar a mensagem.

Ela estranhou o tratamento usado. Até aquele momento, ele só a chamava de senhora. Por que ali na estrada ele havia usado "você"? Mas deixou isso de lado e disse: — Então conclua a mensagem e eu decido se vou ou se volto.

Zé Antônio amarrou seu cavalo na charrete, assumiu as rédeas e continuou a viagem. Nesse ambiente, de surpresa para ela e muito pensado por ele, começou a falar com toda a delicadeza: — Maria Flor, você é uma mulher linda, muito atraente e desejada por todos que a conhecem. E hoje está ameaçada de morte exatamente porque não consumou o casamento, coisa que eu tenho certeza que você gostaria muito de já ter feito.

Como ele sabia de tudo aquilo? Pensou Maria Flor. Claro que o Deocleciano tinha lhe falado, mas com qual objetivo? Apenas para dar o recado? Era melhor ela ouvir toda a mensagem antes de se decidir.

Ele então prosseguiu: — Deocleciano jamais conseguirá ter uma relação sexual com você, ele é totalmente incapaz de ter uma ereção. Dessa forma, vocês jamais terão um filho. O Coronel terá uma reação imprevisível, podendo até matá-la, julgando ser você incapaz de engravidar. Com essa convicção em mente, seu marido me pediu que lhes ajudasse nessa solução, sugerindo que eu poderia substituí-lo e consumaria o casamento em seu nome. Isso deveria ser feito em sigilo absoluto e ninguém nunca saberia que o filho não seria dele. Nem mesmo em confissão você poderia admitir, já que o padre não é confiável.

Ela estava lívida. Aquela proposta inusitada jamais lhe passara pela cabeça — ter um relacionamento fora do casamento seria pecado, o mundo cairia sobre sua cabeça. Se alguém algum dia desconfiasse, ela seria apedrejada e expulsa da cidade. Não, ela não poderia fazer isso, e de pronto respondeu: — Não, eu jamais teria uma relação fora do casamento.

Zé Antônio era paciente e já esperava essa reação. Assim, já tinha preparado sua resposta: — Querida Maria Flor, não se trata de relação fora do casamento. O seu casamento não existe e a única maneira de ele se consolidar é você ter um filho de seu marido, que no caso será representado por mim. Para todos, o filho será de Deocleciano. Somente você, eu e Deocleciano saberemos a verdade. Quando tudo acontecer, seu filho nascer, for batizado e receber o nome do Coronel, tudo estará resolvido. Então eu vou embora para bem longe e nunca mais volto.

Ele continuou: — Eu faço isso por dois motivos: o primeiro, para salvar sua vida e a de meu amigo Deocleciano, pois o Coronel, quando chegou em casa no dia em que ele bebeu demais, antes de dormir, pelas palavras de dona Clotilde, falou bem claro "eu ainda mato aqueles desgraçados"; o segundo motivo é por você mesma, uma moça linda, muito atraente e que sofre por falta de amor. Deixe-me atender o pedido de Deocleciano e ajudar a vocês dois...

Ela estava muito confusa, ele tinha razão quanto ao risco que eles corriam, mas ter um filho com um estranho? Era impensável para ela e sua religião. Então ela disse: — Não consigo tomar essa decisão, preciso falar com alguém, com Deocleciano, com minha mãe, com o padre, alguém que possa me ajudar a decidir.

Zé Antônio, pegando em sua mão, respondeu: — Só Deus saberá e, com suas orações, Ele nos perdoará.

Ela não resistiu ao toque na sua mão. Zé Antônio então se encostou nela bem devagarzinho. Ela permaneceu imóvel. Ele acariciou os seus cabelos. Ela olhou para os lados, observou a redondeza e disse baixinho: — Aqui passa muita gente. Vamos continuar a conversa em outro lugar.

Ele avançou com o cavalo pela estrada até uma clareira no meio da mata, silenciosa e isolada: era o lugar perfeito. Maria Flor estava receosa, não sabia o que fazer. As palavras de Zé Antônio eram assustadoras, mas, por outro lado, faziam todo o sentido. Se pelo menos isso ficasse em sigilo, talvez desse certo.

Ela começou a rezar baixinho, pedindo uma luz a seu santo de devoção, um sinal que pudesse orientá-la nessa decisão tão difícil. Cederia a Zé Antônio e salvaria seu casamento e sua vida? Ou reagiria, sairia correndo em busca de socorro? Quem poderia socorrê-la?

Ela não tinha saída, estava sozinha. Enquanto esperava um sinal divino, Zé Antônio começou a tirar a roupa. Primeiro tirou a camisa e deixou nu seu peito cabeludo. Ela olhava de soslaio e via o peito nu, fechava os olhos e sentia seu corpo vibrar. Nunca tinha sentido tanto calor dentro de si.

Zé Antônio percebeu a indecisão de Maria Flor e resolveu ajudá-la a decidir. Com muito carinho e afeto, ele a abraçou, deu-lhe um beijo no rosto e aguardou a reação. Ela não reagiu. Isso lhe deu coragem e ele prosseguiu, com grande destreza. Abriu a blusa de Maria Flor, deixando de fora seus lindos seios. Zé Antônio suspirou. Nunca tinha visto seios tão lindos, firmes, redondos, e logo começou a beijá-los. Ela tentou afastar seu rosto com as mãos, mas não conseguiu. Seus beijos foram se arrastando pelo colo, como que comandados por uma mão invisível, chegaram à sua barriga, e foram descendo até o monte de vênus. Ela suspirava cada vez mais forte e sem ritmo. Quando ele tocou na sua vulva, ela quase desmaiou. Estava cada vez mais excitada... Num momento em que estava enlouquecida de prazer, disse: — Venha, me possua. E que Deus me perdoe.

Zé Antônio cobriu o chão com uma manta que ela trazia na sacola, carregou Maria Flor e a colocou no chão. Desabotoou todo o seu vestido, ficou contemplando aquele corpo lindo, baixou-lhe a calcinha de algodão branco e viu um corpo todo nu, à sua disposição. Beijou seus pés, molhou sua vulva com a boca e, com muita delicadeza, começou a penetração.

Ela sorria e chorava, mandava que ele se afastasse e pedia que penetrasse mais. Zé Antônio, como um maestro, regia aquela sinfonia com gritos e sons que retratavam o prazer. Ele queria ficar ali o resto da vida. Nunca tinha conhecido uma mulher tão linda e atraente quanto Maria Flor. Ele estava realizado! Seu plano funcionara, ele agora tinha possuído Maria Flor e, enquanto pensava nisso, explodiu num orgasmo.

Caiu para o lado, vendo estrelas em pleno dia. Ele era muito experiente, tinha conhecido muitas mulheres e muitos homens em suas andanças pelo mundo, mas jamais havia encontrado uma mulher tão perfeita. Hoje, Maria Flor tinha superado todas as mulheres da sua vida.

Ela continuava deitada, olhando para o céu, como que em prece, agradecendo ou pedindo perdão por esse momento. Zé Antônio ficou preocupado com a reação que poderia vir do arrependimento de Maria Flor.

Mas ela olhou para ele e disse: — Estou muito feliz, quero outra vez. Você foi o melhor presente que Deocleciano me deu. — Virou-se para ele e o abraçou.

Ficaram ali por um bom tempo, não viram a hora passar, não sentiram nem fome nem sede, eles se bastavam. Depois de um bom tempo, levantaram-se, sacudiram a poeira das roupas e voltaram para a charrete. Ele pegou seu cavalo, montou e disse: — Vamos voltar separados. Não comente nada com ninguém, nem mesmo com Deocleciano. Não fale que eu vim lhe buscar, não diga nada sobre o nosso encontro. Você volta como se você tivesse tomado essa decisão por sua própria conta. Nosso segredo será eterno. Ninguém, ninguém mesmo, pode saber o que aconteceu aqui.

Ela quis saber e perguntou: — Esse nosso encontro será suficiente para gerar um filho, como o Coronel deseja?

A resposta veio em seguida: — Claro que não, teremos que nos encontrar outras vezes, sempre em sigilo. Lembre-se, mesmo que Deocleciano saiba desse plano, ele não pode ter nenhum detalhe. Jamais fale nada para ele ou para qualquer outra pessoa. Amanhã eu lhe mando um bilhete combinando o local do nosso encontro. Vou deixá-lo no beiral de sua janela. Você lê e destrói em seguida. — Beijou-lhe o rosto.

Ela segurou seu queixo, lhe deu um grande beijo na boca e disse: — Vou esperar seu bilhete como se fosse uma joia, não demore.

Ele deu um grito de alegria, esporeou o cavalo e partiu. Ela se ajeitou na charrete, deu um tempo e partiu em direção ao Rincão. Feliz.

13

O Coronel acordou com a camareira abrindo a porta. Quando ela o viu deitado, pediu desculpas e quis sair. O Coronel disse para ela ficar e se aproximar dele. A camareira chegou mais perto e ele gostou da moça. Então ele lhe disse que gostaria que ela ficasse um pouco com ele. Ela obedeceu, pois já conhecia a fama do Coronel em relação às camareiras. Ela se deitou com ele, fizeram sexo, e quando terminaram, ele lhe perguntou: — Que horas são?

— Já passam das dez horas.

Ele ordenou: — Mande-me servir o café aqui.

Então, deu uma boa gorjeta para a camareira, levantou-se, trocou de roupa, fez sua higiene e sentou-se à mesa, esperando ser servido. O café não demorou a chegar. Numa bandeja de prata estava servido um café forte, como ele gostava, além de pão fresco, um pedaço de queijo minas, frutas, roscas e um suco de frutas. Ele comeu e bebeu até se saciar.

Avisou ao porteiro que queria um jornal para ver as notícias. Afinal a eleição estava chegando e era preciso saber que posição ele ia defender. Já passava do meio-dia quando o mensageiro veio lhe informar que o deputado o esperava no restaurante do hotel. Ele se lembrou do encontro da noite anterior e desceu.

No salão do restaurante, o deputado lhe esperava com dois assessores que, ao verem o Coronel, logo o cumprimentaram e se afastaram para que a conversa fosse privada, sem qualquer interferência de terceiros.

Ele sentou-se, pediu um conhaque, acendeu um charuto e começaram a conversa. O deputado logo falou: — Estive hoje com o governador. Ele quer recebê-lo no Palácio da Liberdade. Veja que horário fica melhor, e ele o receberá. Posso ir com o Coronel, se assim for seu desejo.

O Coronel aceitou e marcou a visita para as cinco horas daquela tarde, pois assim ele teria tempo para descansar antes de ir ao Palácio. O deputado combinou de buscá-lo no horário marcado, e a conversa seguiu.

O deputado lembrou ao Coronel que a eleição estava chegando e que ele precisava contar, mais uma vez, com o seu apoio.

— Eu preciso que o senhor viaje comigo para as cidades vizinhas, onde o senhor tem grande influência. Precisamos pedir votos em todas as comunidades, e seu apoio é fundamental. Além disso, vou precisar de um apoio financeiro, como da última eleição, e espero contar com sua compreensão, afinal os custos de uma campanha são muito altos e ninguém consegue bancar isso sozinho.

O Coronel ouviu, fez alguns comentários e prometeu ajudá-lo. Eles pediram o almoço. Depois subiu para o descanso, prometendo estar pronto às cinco horas para visitar o governador.

Foi uma visita de cortesia. O governador, muito simpático, convidou o Coronel para conhecer o Palácio da Liberdade. Visitaram todos os salões, começando pelas escadarias em arco, de fabricação belga, que foram montadas em Belo Horizonte, no início do século. Em seguida o governador lhe mostrou os lustres, os cristais da Boêmia, os móveis que foram adquiridos na Letônia e ressaltou a decoração estilo Luiz XV. O governador, que estava acompanhado por um guia, informou que aquele acervo era comum em museus da Europa e que aqui, no coração de Minas Gerais, eles estavam à disposição dos mineiros.

No primeiro piso, o guia discorreu sobre os salões. O primeiro, chamado de salão nobre, era utilizado para receber os principais convidados. O governador aproveitou para dizer: — Por isso, amigo Leocádio, conversaremos aqui, sob esse painel que homenageia a República.

Havia no salão poltronas maravilhosas e quadros de vários artistas. Em frente estava o parlatório, com uma ampla vista para a Praça da Liberdade, que sempre era utilizado para falar ao povo que se aglomerava à frente do Palácio. Era, segundo o governador, um símbolo republicano; o governante diante de seu povo.

Do outro lado ficava o salão do banquete, um espaço para receber os comensais. O guia informou que na mesa oval cabiam trinta e seis cadeiras, mas que poderiam acomodar mais pessoas, se fosse o caso. As paredes eram totalmente espelhadas e, no centro, havia um lustre com cerca de quarenta tulipas. A decoração não tinha nenhuma conotação política, lembrava os prazeres da vida: a fortuna, o lazer e o trabalho.

O Coronel estava encantado com a beleza e a riqueza do lugar. Visitou todas as salas e se surpreendia a cada nova descoberta. Porém, a sala de que mais gostou foi a de despachos — dali emanava o poder, todas as principais decisões do governo eram tomadas naquela sala, e ali estava ele, junto ao poder. Sentiu-se o próprio governador.

Terminada a visita, o governador mandou servir um lanche no salão nobre e conversou longamente com o Coronel. Primeiro trataram de assuntos gerais da política. Perguntou ao Coronel sobre o momento em que o Brasil vivia a política nacional, o que sempre fora uma preocupação dele. O governador queria saber se ele estava atualizado com o momento. Juscelino acabara de ganhar a presidência e apresentara seu plano de metas com uma proposta revolucionária: cinquenta anos em cinco. Falava em construir uma nova capital e em abrir o mercado para a indústria automobilística. O mundo econômico estava em ebulição, o que era muito bom para Minas Gerais, já que ele tinha sido governador de Minas e conhecia todos os problemas do estado, podendo, portanto, ajudar muito ao futuro governador.

O governador continuou: — Falando nisso, estamos pensando em selecionar alguns possíveis nomes do partido para a disputa do próximo pleito, e o seu nome, Coronel Leocádio, tem sido ventilado com certa frequência. O senhor tem sido um grande parceiro, tem ajudado muito aos nossos deputados e, assim, é natural que seu nome surja como uma alternativa. O senhor já pensou em morar neste palácio?

O Coronel quase caiu da cadeira devido ao susto que essa pergunta lhe causara. Teria ele entendido corretamente? O governador estaria de fato o consultando sobre uma possível candidatura ao governo de Minas? Isso seria fantástico e, com o apoio do governador, não seria uma jornada muito difícil. A empolgação era grande e a alegria já dominava o seu coração.

Ele ficou em silêncio. O que diria ao governador? Mostrar muito entusiasmo poderia revelar sua fraqueza, o que não seria um bom início de negociação. Por outro lado, ficar calado poderia ser interpretado como desinteresse, o que sepultaria suas possibilidades. Precisava pensar rápido para continuar contando com a simpatia do governador.

Mas foi o próprio governador que quebrou o silêncio: — Caro Coronel, vejo que o senhor se interessou, assim precisamos conversar com o partido e começar a preparar o candidato. Vou falar com o meu chefe de gabinete para que ele comece a tomar todas as medidas necessárias. Imediatamente, claro, ele vai pesquisar a sua vida. Nós já o conhecemos e sabemos que não há nada que o desabone. Aliás, como vão dona Clotilde e os meninos? Já tem um novo neto, fruto daquele belo casamento em que eu tive a honra de estar presente?

Seu coração gelou! Ele engoliu em seco, deu um ligeiro suspiro e meio engasgado falou: — Ainda não, governador, a moça teve um pequeno problema de saúde que adiou a gravidez — mentiu ele —, mas já está curada e muito em breve teremos uma notícia boa lá pros lado do Rincão.

O governador tinha outros compromissos e assim encerrou a visita. O Coronel levantou-se, meio desconcertado, agradeceu ao governador a visita ao palácio e principalmente a sondagem para a candidatura. Entrou no carro do deputado e pediu para ir direto ao hotel. Entrou no quarto, pediu uma garrafa de conhaque e começou a beber.

Falando alto, como se estivesse se dirigindo a alguém, furioso esbravejou: — Não, Deocleciano, você não pode atrapalhar minha oportunidade de ser governador de Minas! Aquele desgraçado tem de fazer um filho em Maria Flor e já.

Bebeu novamente uma, duas, três doses. A cada gole, suspirava e amaldiçoava a sua situação familiar. Voltou a gritar: — Por que isso está acontecendo comigo justamente agora, que o cavalo está passando arreado na minha porta?!

Ele não pleiteara a vaga, não fizera nenhuma manobra para consegui-la, não comprara ninguém. Aquilo caíra em seu colo, e o miserável do Deocleciano poderia jogar tudo fora, simplesmente por não honrar seu casamento... Fazer um filho em Maria Flor era urgente! E então o Coronel gritou num último desabafo: — Se aquele vagabundo não for capaz de fazer esse filho, eu o farei! Não vou deixar que ele jogue na lama o nome de nossa família!

Bebeu, bebeu, bebeu. Deixou o copo cair, pegou a garrafa, escorregou, caiu e desmaiou.

Ritinha bateu na porta e não obteve resposta. Ficou preocupada, procurou o atendente e lhe pediu a chave. Ele a acompanhou, abriu a porta e viu o Coronel estirado no tapete. Viram a garrafa no chão, o copo quebrado, ele todo vestido e muito sujo. O vômito tomava conta de seu rosto. Ritinha ficou preocupada, pois pensou que ele tinha sofrido um infarto. Tomou seu pulso e viu que estava acelerado. Pelo menos ele estava vivo. Com a ajuda do atendente, lavou como pôde o rosto do Coronel e o colocou na cama. Tirou sua roupa, seus sapatos e colocou a coberta sobre seu corpo. Ele não acordaria tão cedo, pensou ela. Então era melhor ir aproveitar a noite. Fechou a porta e saiu.

14

Deocleciano estava ansioso, aguardando a volta de Zé Antônio. Onde havia ele se metido? Já se passaram dois dias, e nenhuma notícia. Será que sua mãe havia piorado? Será que ele não voltaria nunca mais? Não, isso não. Ele o amava, disso ele tinha certeza. Claro que voltaria, ele estava preocupado sem motivos.

Mal terminara de se questionar e uma poeira ao longe chamou sua atenção. Seu coração disparou. Com certeza era Zé Antônio chegando.

Ele correu para a entrada da fazenda, subiu na porteira, colocou a mão como uma viseira na testa e tentou ver mais longe. Aquele galope e aquele cavalo só podiam ser de um único homem: seu amor tinha voltado.

Zé Antônio desceu do cavalo, cumprimentou Deocleciano com um sorriso e falou: — Estou de volta. E você, como tem passado?

Ele respondeu: — Com muitas saudades, mas agora com o coração cheio de alegria. Vamos para o rio, perguntou?

— Calma, Deocleciano — respondeu Zé Antônio. Acabo de chegar de uma longa viagem, estou muito cansado. Vou tomar um banho e dormir. Amanhã conversaremos. Boa noite.

Deocleciano voltou para casa um pouco frustrado, mas feliz com a volta de seu amigo. Agora eles teriam todo o tempo do mundo para ficar juntos. Resolveu dar uma volta na fazenda antes de entrar em casa. Passou pelo chiqueiro. Ele não gostava do cheiro, mas adorava ver os leitõezinhos mamando juntos. Era uma cena comovente ver a briga de cada um por uma teta da mãe para se alimentar. Passou pelo galinheiro. As galinhas já começavam a procurar seus poleiros, preparando-se para a noite, e os pintinhos mais novos se aglomeravam para se aquecerem. O galo rodeava o galinheiro, sentindo a presença de um estranho. Deocleciano se afastou, chegou ao pomar, viu umas frutas maduras e começou a colher. Um barulho na entrada da fazenda chamou sua atenção. Ele se virou e viu, ao longe, a charrete de Maria Flor chegando à casa.

Por essa surpresa ele não esperava. A saída de Maria Flor tinha sido um alívio para ele, pois não suportava ficar ao lado dela, e o pior é que ela o lembrava do pai e de suas ameaças. A saída dos dois tinha sido um alívio, e agora ela voltava, iria querer incomodá-lo, querendo resolver o problema do filho. Ele jamais a amaria, jamais teria condição de engravidá-la, mas ela iria insistir em atender o Coronel. Ainda bem que Zé Antônio havia chegado, e isso lhe daria alento para enfrentar a situação.

Era nessas horas que ele sempre se lembrava da professora Arlete. Quando ela chegou, ele estava pronto para aprender a tocar piano, saber as novidades das artes. Ela, com certeza, era uma grande artista e seria uma forte aliada, ele sentia isso. Mas logo no início ele havia ficado um pouco tenso. Ela começou a ficar muito próxima a ele na banqueta do piano. Quando sentia a perna dela roçando em sua perna, tentava se afastar, mas ela insistia. Então ela colocou a mão na sua perna e deslizou calmamente em direção a sua virilha. Ele não entendeu, mas se afastou, sentou na cama e chorou. Ela então perguntou se ele não gostaria de brincar de papai e mamãe, e ele, sem saber o que responder, perguntou-lhe o que era aquilo.

Ela falou dos cavalos, de como nascem os potros, perguntou se ele já tinha visto um touro cruzar com uma vaca, ou um galo com uma galinha, pois afinal ele já tinha quase dezoito anos e já devia ter beijado uma garota na escola.

Ele disse que não, que não gostava de meninas. Ela então perguntou de quem ele gostava na escola? E ele respondeu que tinha um menino muito inteligente e bonito que ele tinha vontade de beijar. E então pediu para ela não contar nada a seu pai, pois se ele soubesse, o mataria.

Foi então que ela entendeu a sua opção e começou a conversar com ele, dando-lhe conselhos de como enfrentar a situação, como agir para que o pai não descobrisse sua intenção. Chegou a dar dicas de atitudes que ele deveria tomar para despistar sua família e finalmente lhe disse que, em breve, ele encontraria o seu amor. Ela tinha acertado em tudo, agora era hora de pôr em prática aqueles ensinamentos.

Entrou em casa, viu Maria Flor e falou: — Querida, que bom que você voltou, eu já estava com saudades. Como estão seus pais? Tem alguma coisa na charrete para pegar?

— Não — disse ela —, já trouxe tudo. Estou muito cansada, vou para o quarto da banheira, tomar um banho e deitar.

Dona Clotilde mandou levar a água quente e pediu para preparar o jantar para servir no quarto de Maria Flor. Deocleciano achou estranha a atitude de sua mulher. Havia qualquer coisa de diferente em seu olhar, algo que ele não conseguiu entender. Parecia uma mistura de alegria e temor. Ou talvez fosse apenas cansaço da viagem, pois ela sempre viajava pela manhã e, desta vez, ela havia chegado muito tarde, já quase noite. Deveria estar mesmo muito cansada.

O jantar foi servido na cozinha, como sempre. Hoje sua mãe tinha mandado preparar a sopa de legumes com galinha, que ele adorava. Jantou e repetiu. Comeu um doce de leite com queijo na sobremesa, foi para o quarto e encontrou Maria Flor dormindo. Achou muito bom. Ela não iria incomodá-lo esta noite. Deitou e dormiu.

15

Zé Antônio saiu cedo de casa, montou em seu cavalo e foi em direção à nascente do rio. Depois de cavalgar uns 20 minutos, parou numa venda da estrada e perguntou: — Onde mora seu Joaquim?

O dono da venda lhe deu o caminho, e ele seguiu em frente. No local indicado, encontrou uma pequena chácara, muito simples, mas bem arrumada. Bateu palmas e logo um senhor mais velho apareceu: — Seu Joaquim?

— Sim, e o senhor quem é?

— Meu nome é Isidoro e fiquei sabendo que o senhor esta indo para a capital morar com seu filho e que estaria vendendo essa terrinha.

Seu Joaquim abriu um sorriso e falou: — A notícia corre longe nessa terra, meu filho. Falei isso no bar do Joca não tem nem uma semana, e hoje o senhor já está aqui sabendo da novidade.

Zé Antônio apeou e pediu para ver a casa. Ela estava boa, os móveis muito velhos, mas não importava. Ele precisava de um lugar discreto e limpo. Aquela casa parecia perfeita. Ele perguntou o preço e verificou que seu dinheiro podia pagar. Regateou, conseguiu um bom desconto, pagou e disse: — Amanhã eu volto para tomar posse da casa.

Seu Joaquim ficou feliz com a rapidez do negócio. Logo juntou suas coisas e, no dia seguinte, bem cedo, foi embora para a cidade pegar a jardineira para a Capital. Antes, passou pelo armazém do Joca para se despedir. O interesse pelo comprador foi imediato: — Quem comprou a casa, Joaquim? Perguntou-lhe Joca.

Joaquim respondeu: — Foi um tal de Isidoro. Não sei de onde apareceu, mas pagou e já vou embora.

Zé Antônio comprou uma cama patente na cidade vizinha; uma mesinha e duas cadeiras. Achava que era suficiente. Arranjou lençóis, travesseiros e uma colcha. Colocou tudo em uma carroça que ele mesmo levou para a sua nova casa. Fez uma boa limpeza, tirou a água de uma cisterna que ficava bem em frente à casa, varreu tudo por dentro e por fora, arrumou a cama, colheu flores, fez um arranjo no quarto, admirou tudo e pensou: "está muito bonito, Maria Flor merece".

Voltou para a fazenda no dia seguinte. Viu Deocleciano de longe e deu uma volta para não ter que dar explicações. Foi para o seu quarto, deitou e esperou. Algum tempo depois, um jovem empregado da fazenda bateu na porta do quarto de Zé Antônio. Ele atendeu: — O que foi, Geraldo?

— O senhor Deocleciano pediu pro senhor arriar o cavalo dele e descer, pois ele quer dar uma volta pela fazenda.

Zé Antônio, ainda deitado, respondeu: — Faça-me um favor, Geraldo. Prepare você mesmo o cavalo, eu estou doente e não consigo sair da cama. Por favor, avise ao Deocleciano que você vai sair com ele hoje.

Geraldo saiu.

Deocleciano não podia ir ao quarto dos empregados sem chamar a atenção de todos. Ficou intrigado, pois tivera a nítida impressão de que ele havia dormido fora da fazenda e só teria retornado pela manhã. Saiu com Geraldo, deu uma pequena volta, olhou o gado, olhou as plantações, tudo sem muito interesse, só para justificar sua saída de casa.

Tão logo Zé Antônio percebeu que eles tinham saído, escreveu um bilhete para Maria Flor, dando as orientações para o novo encontro, com o horário e o local, e desceu para a sede. Viu Maria Flor na varanda, ao lado de dona Clotilde. Ela também o viu. Ele deu um sinal, ela compreendeu, pediu licença e foi para o seu quarto. Abriu a janela que dava para o lado contrário da varanda e viu sobre o beiral um papel dobrado. Leu e compreendeu seu conteúdo. Seu coração bateu mais forte. Esperou alguns minutos e então viu Zé Antônio ao longe. Deu-lhe um sinal confirmando o encontro, fechou a janela, sentou-se na cama e começou a pensar como iria sair de casa sem chamar a atenção. Que desculpas daria para se ausentar? Tinha até amanhã cedo para descobrir.

Deocleciano voltou e já encontrou Zé Antônio trabalhando. Ele se aproximou e lhe perguntou: — Você melhorou? O que você está sentindo?

Zé Antônio, com um pouco de impaciência, respondeu: — Ainda estou muito enjoado, vomitei muito, estou com um pouco de diarreia. Fui ontem à noite até a cidade, procurei o sr. Deodato da farmácia. Ele me deu um chá. Estou tomando para ver se melhoro. Ele me pediu que voltasse lá amanhã cedo para verificar a evolução e, se for o caso, aplicar uma injeção para resolver de uma vez.

Deocleciano estava um pouco frustrado e desconfiado. Estaria ele doente de verdade, ou aquilo era apenas uma desculpa para fugir de seus encontros? Mas logo reconsiderou e se recriminou por estar desconfiando daquele jeito de uma pessoa que sempre lhe fora fiel e sempre cumprira tudo o que prometeu. O melhor era não reclamar. Desejou melhoras e foi para casa.

O jantar já ia ser servido, e dona Clotilde mandou chamar Maria Flor e Deocleciano para a mesa, que estava muito bem posta, com uma toalha muito branca, com a barra bordada de crochê, uma renda linda. Isto chamou a atenção de Maria Flor. Ela pensou rápido e disse: — Lindo esse crochê, foi a senhora que bordou?

— Não, foi uma comadre minha que fez e me deu de presente. Mas você tem razão, é muito lindo mesmo.

— Minha madrinha esteve na casa de minha mãe e prometeu ensinar-me a fazer crochê. Marquei com ela e vou lá amanhã cedo para começar as aulas. Se a senhora quiser pode aprender também — falou Maria Flor.

Dona Clotilde respondeu, sorrindo: — Quem me dera! Meus olhos já não me permitem tamanha façanha, quase não enxergo nada de perto e não tenho ânimo para sair e aprender mais nada.

A conversa caminhava da maneira que Maria Flor queria. Então ela completou: — Quando eu aprender, ensinarei para a senhora aqui em casa mesmo.

Virou-se para Deocleciano e disse: — Você me levaria lá nos dias em que terei aulas?

Ele se assustou com o pedido e rapidamente disse: — Não, você adora sair sozinha. Mando arrumar a charrete e você vai.

Ela preferiu ir a cavalo, a charrete era muito conhecida e alguém poderia ver.

Essa ideia agradou aos três. Maria Flor arrumou sua desculpa e agora poderia sair quando quisesse, sem levantar suspeitas. Como havia aprendido crochê no convento, seria fácil ensinar a dona Clotilde. Agradou a sogra, pois ela arrumaria o que fazer, sem sair de casa; e agradou principalmente a Deocleciano, que assim poderia sair com Zé Antônio, sem se preocupar com nada.

Na manhã seguinte, após o café da manhã, no horário combinado, ela pediu um cavalo, vestiu uma roupa apropriada para cavalgar e saiu, com o coração cheio de esperanças. Ia se encontrar com o homem que, além de resolver seu grande problema no casamento, lhe daria muito prazer.

Ela seguiu o mapa que constava do bilhete. Não demorou quinze minutos e viu Zé Antônio. Seu coração disparou, eles não poderiam ser vistos cavalgando juntos. Ele apenas deu a ela o destino final e o caminho a seguir; saiu e galopou por outro caminho. Ela, mais aliviada, seguiu seu destino. Logo chegou à pequena moradia e amarrou o cavalo em uma árvore atrás da casa, de modo que quem passasse pela estrada não veria os animais. Ficou curiosa. Que casa era aquela? A quem pertencia? Estava tudo muito limpo e arrumado. Não seria arriscado se o dono chegasse?

Quem chegou foi Zé Antônio, e logo perguntou: — Você gostou da casa? É simples, mas será o nosso recanto. Aqui ninguém nos perturbará e poderemos ficar o tempo que quisermos. Eu comprei esta casa para ser o nosso ninho de amor. Veja o que mais será preciso comprar para deixá-la feliz.

Ela não respondeu, abraçou-o e começou a beijá-lo. Logo tirou sua camisa, beijou seu peito e devagarzinho o levou para a cama. Fizeram sexo a manhã toda. Por volta das onze horas, ele perguntou se ela estava com fome, pois ele tinha algo para comer. Ela sorriu de lado e disse: — Tenho, sim, fome de amor.

Então voltaram para a cama.

No início da tarde, eles voltaram, do mesmo modo: ela na frente, por um caminho; e ele por outro. Zé Antônio tomou o caminho da cidade, procurou a farmácia do senhor Deodato, conversou com ele sobre os desarranjos intestinais. Este lhe deu um chá e disse que, se continuassem os sintomas, era para ele voltar, pois seria necessário aplicar uma injeção para curar de vez. Ele agradeceu e voltou para a fazenda.

As aulas de crochê aconteciam três vezes por semana, sempre da mesma forma: no retorno à casa, com as agulhas e a linha na mão, ela ensinava com todo cuidado à dona Clotilde o que, em tese, tinha aprendido com sua madrinha.

Quem não andava satisfeito era Deocleciano. Ele quase não via Zé Antônio e, nas poucas vezes em que eles se encontravam, ele não sentia mais aquele vigor na relação. Parecia que ele estava sempre longe. Acabou aquela paixão do início. O que estaria acontecendo? Desde que ele viajou para levar o dinheiro para a mãe, ele voltou diferente. Então era isso, o problema tinha acontecido lá. Ele teria encontrado um velho amor? Isso não, pensava ele. Quem sabe sua mãe não havia melhorado? Quem sabe o dinheiro não tinha sido suficiente para resolver o problema e ele estava constrangido em lhe contar? Precisava descobrir o que estava acontecendo.

16

O Coronel acordou com uma tremenda dor de cabeça. Não sabia como trocara de roupa, como tinha dormido... Tinha muita sede. Pegou o copo perto da jarra, encheu de água e bebeu num só gole. Tornou a encher o copo e bebeu novamente. Foi ao banheiro, olhou-se no espelho e não gostou do que viu. Resolveu tomar um banho, mas não tinha ânimo para fazer nada. Terminou o banho, chamou o atendente do hotel, pediu café e solicitou que arrumassem o quarto, pois cheirava mal e estava sujo.

O atendente chegou com a camareira e acharam melhor colocar o Coronel em outro quarto para ele tomar seu café, enquanto eles faziam a faxina. Ele aceitou, não queria descer para o restaurante, pois seu estado físico era muito ruim. Eles abriram o quarto ao lado, serviram o café, mas puseram duas xícaras. O Coronel perguntou: — Para que duas xícaras?

Ele respondeu: — A Ritinha nos pediu para que ela fosse avisada quando o senhor acordasse, pois ela queria tomar café em sua companhia. Ela já está chegando.

Logo que ela chegou, perguntou-lhe como estava passando e lhe contou sobre a noite anterior. Mentiu que tinha ficado a noite quase toda ao seu lado, pensando que ele poderia acordar e precisar dela. Quando viu que ele estava bem, ela foi embora. O Coronel percebeu aonde ela estava querendo chegar e disse para ela não se preocupar, que lhe pagaria o dia. Ela ficou ofendida: — Fiquei aqui não pelo dinheiro, mas por muita afeição que tenho por você, Leocádio.

Mas aceitou o dinheiro.

Ele deixou que ela saísse, pois precisava organizar seus pensamentos. Muita coisa importante estava acontecendo naquele momento — os problemas em casa, o convite do governador. Ele precisava voltar para o Rincão. Conversaria com o chefe do gabinete do governador, elaboraria uma agenda de eventos e voltaria.

Achou melhor acionar o deputado para que ele preparasse o encontro com o chefe de gabinete o mais rápido possível. O deputado marcou um almoço com os dois, escolheram um restaurante de que ele gostava muito, na Rua Espírito Santo, em frente à Imprensa Oficial, onde o chefe de gabinete estaria naquela hora. O restaurante se chamava Taberna Azul. Era pequeno, mas muito acolhedor, e tinha uma comida de primeira qualidade.

O Coronel e o deputado foram os primeiros a chegar, sendo logo reconhecidos pelo proprietário, o senhor Fuad, que foi à sua mesa e agradeceu a preferência. Chamou o garçom que ele sabia que o deputado mais gostava, gritando: — Pablo, venha atender o nosso grande deputado e o Coronel Leocádio, que hoje nos dá a honra da presença.

Pablo era um garçom espanhol que viera para o Brasil durante a crise em seu país e agora trabalhava em Belo Horizonte.

Ele ofereceu o prato do dia que, na sexta-feira era um bacalhau à espanhola, a especialidade do chefe Abreu. Eles conheciam o tempero do chefe e sabiam do sabor do bacalhau, por isso estavam ali, mas aguardavam mais uma pessoa. Pediram uma garrafa de vinho português enquanto esperavam.

O Coronel falou de seu desejo de voltar para o Rincão imediatamente, mas que primeiro gostaria de deixar as coisas resolvidas em Belo Horizonte. Enquanto eles conversavam, chegou o senhor Herculano, o chefe do gabinete do governador. Era um homem forte, alto, com um vasto bigode, mas um sorriso simpático. Cumprimentou o deputado, foi apresentado ao Coronel, sentou-se, pediram o bacalhau e começaram a discutir a pauta da reunião.

Herculano começou a descrever o caminho longo e difícil que eles teriam de percorrer. Ele precisaria fazer uma visita ao presidente do partido, falar de sua disponibilidade para concorrer ao cargo, mostrar sua real capacidade de financiar parte da campanha e, depois de ter convencido o presidente, era preciso começar as conversas com os apoiadores. Tinha uma lista de pessoas — empresários, intelectuais, representantes do clero, da polícia e do judiciário — para consolidar o nome do Coronel junto às principais lideranças do estado.

Era também necessário fazer entrevistas em jornais e nas estações de rádio da região de influência do Coronel, na sua cidade e nos arredores, com seus familiares, amigos e aliados, para formar uma base sólida. Precisariam dedicar muito tempo a essas ações, saber da disposição do Coronel e do tempo de que ele dispunha para enfrentar aquela jornada.

O Coronel pensava em Deocleciano. Caso ele não tivesse resolvido sua situação com Maria Flor, tudo estaria perdido. Então, ele disse: — Preciso ir ao Rincão resolver alguns problemas e fico à sua disposição. Pode marcar todas as agendas que dentro de 15 dias estarei de volta para me dedicar à campanha.

— Não, Coronel! Não temos quinze dias para começar. Já marquei várias reuniões para a próxima semana. O senhor tem três dias para ir à fazenda. Na próxima terça-feira começaremos cedo com o presidente do partido. Ele vai viajar e conseguiu esse horário. O senhor não pode faltar.

Isso mudava um pouco seus planos, mas ele se ajustaria. Normalmente ele dava as ordens, mas nessa situação a palavra estava com

Herculano. Comeram o bacalhau, que estava divino, agradeceram ao chefe Abreu, deram uma boa gorjeta ao Pablo, despediram-se do senhor Fuad e foram embora.

O Coronel chegou ao hotel e mandou arrumar um carro para voltar para a fazenda. Acertou as contas, deu uma boa gratificação para Ritinha, prometeu que estaria de volta na segunda-feira, pegou sua mala e desceu. O carro já estava esperando na porta do hotel. A viagem foi cansativa, e quando chegou já era quase noite. Entrou em casa fazendo um grande barulho, trocou de roupa, jantou, foi para o quarto e dormiu.

No dia seguinte, chamou Deocleciano e perguntou: — Maria Flor está grávida?

— Eu não sei — balbuciou ele.

— Vá chamá-la que eu quero falar com ela — ordenou o Coronel.

Na manhã de sábado, ela não tinha aulas de crochê, por isso dormia até mais tarde. Deocleciano entrou no quarto devagar e percebeu que ela dormia. Tentou acordá-la, mas não teve sucesso. Ela dormia um sono profundo. Voltou e informou ao Coronel sobre isso.

A primeira reação do Coronel foi mandar acordá-la de qualquer jeito, mas pensou melhor e mandou Deocleciano sair de casa.

— Vou esperar que ela acorde. E você suma daqui, que eu não quero lhe ver por perto.

Deocleciano correu até a casa dos empregados e pediu a Zé Antônio que preparasse os cavalos, pois ele iria cavalgar. Meio a contragosto, ele obedeceu. Não iria sair com Maria Flor, então daria uma atenção hoje para Deocleciano.

Saíram em direção ao rio e Deocleciano foi contando que o pai chegara e que lhe perguntou sobre a gravidez. Zé Antônio ficou preocupado com Maria Flor, mas sabia que a raiva do Coronel seria contra Deocleciano, e não contra ela. Ele jamais lhe faria qualquer mal. Mesmo assim ele gostaria de estar com ela, pois o Coronel era imprevisível e estava furioso.

Na casa, o Coronel mandou que dona Clotilde fosse ao pomar colher umas frutas, pois ele iria levar para Belo Horizonte no seu retorno, na segunda-feira. Ela estranhou o procedimento, pois ele sempre dava essas ordens para os empregados e nunca para ela, mas obedeceu, resignada.

Verificou que estava sozinho em casa, atravessou a sala, entrou no quarto de Maria Flor e lhe falou: — Quero conversar com você agora.

Ela despertou e se assustou com a presença do Coronel e com suas palavras. Puxou a colcha cobrindo seu corpo e falou: — Bom dia, Coronel. Se o senhor me der um tempo, eu levanto, troco de roupa e vou conversar com o senhor lá na sala.

— Não. Quero conversar com você aqui e agora.

Ela se assustou mais ainda. Sabia que a conversa seria sobre a sua gravidez, mas e se ele soubesse de seus encontros com Zé Antônio? Aí a conversa mudaria de tom e ele poderia tornar-se violento. Mas ele acabara de chegar, ninguém sequer desconfiava dos seus encontros. Então ela sentou-se na cama e esperou.

O Coronel começou com uma voz severa e lhe disse que havia conversado com Deocleciano e que sabia que nada tinha acontecido com o casamento durante sua ausência. Ela confirmou, e ele aumentou o tom de suas palavras. Com os olhos vermelhos e a voz embargada ele disse: — Você o tem rejeitado? Eu fiz tanto gosto nesse casamento e você agora se nega a ter um filho com Deocleciano, sua infeliz!

Maria Flor começou a chorar. O Coronel continuou: — Eu não posso permitir que isso continue. Eu exijo que você me explique agora.

Maria Flor teve medo de morrer. As expressões do Coronel eram cada vez mais assustadoras. Ela, de fato, estava correndo risco, e não havia ninguém para socorrê-la. Ah, se Zé Antônio chegasse ali agora, pensou ela, ele seria o único com coragem para enfrentar o Coronel, mas ele não estava.

Ela se encontrava em um dilema. Se contasse a verdade sobre a sexualidade de Deocleciano, isso mataria o Coronel. Por outro lado, se ela se calasse, correria risco de perder a vida.

Aquele era um momento de muita tensão: ela sozinha no quarto, apenas de camisola, tendo à sua frente um Coronel enfurecido, acusando-a de sonegar sexo a seu filho homossexual. O que fazer? Gritar? Ninguém viria em seu socorro. Ela, temendo por sua vida, deixou a colcha cair. Seus seios lindos, arredondados e firmes ficaram então à mostra. Seu colo branco iluminou o ambiente. Então, soltou os cabelos e disse: — Seu filho não gosta de mulher. Ele se casou por sua vontade, não pela dele.

O Coronel ficou lívido. Aquela visão do corpo de Maria Flor o desconcertou e suas palavras cravaram um punhal em seu coração.

A situação agora se invertera. O Coronel parecia acuado, e Maria Flor dominava o ambiente. Ela continuou: — O senhor jamais terá um neto de Deocleciano, ele não consegue ter uma ereção sequer. Eu tentei de tudo, mas ele recusou.

O Coronel se recompôs rapidamente e decidiu o que fazer. Era agora ou nunca. Olhando bem para o seus olhos claros e brilhantes, disse a ela: — Eu não posso passar por essa vergonha. Você terá um filho com o sangue de Deocleciano! E despindo-se apressadamente, deitou na cama de Maria Flor, rasgou suas roupas, colocou a mão sobre sua boca, impedindo-a de gritar, abriu suas pernas com certa violência e, mesmo com a resistência de Maria Flor, a penetrou e desfrutou daquele corpo como se fosse seu. Ela gemia. De dor ou de prazer? O Coronel não se importou. Terminou com uma explosão de prazer, que ele nunca imaginou que pudesse ter.

Soltou a boca de Maria Flor e lhe disse: — Nunca fale para ninguém o que aconteceu aqui e agora. Isso será o seu fim e o de sua família, pois matarei a todos. Quem fez sexo com você foi Deocleciano e ninguém mais. Entendeu? E trate de ficar grávida, senão eu volto e faço quantas vezes for preciso para engravidá-la.

Falou e saiu do quarto.

Maria Flor estava em prantos, tinha sido estuprada pelo próprio sogro, dentro do seu quarto e ainda fora ameaçada de morte. Ela precisava rapidamente falar com Zé Antônio. Ele era o único capaz de lhe ouvir e dar uma orientação segura. Mas onde estaria ele? Como ela faria para se encontrar com ele?

Ela se levantou, entrou na banheira e começou a se lavar. Aquele cheiro do Coronel entrava por suas narinas e lhe dava náuseas. Ela precisaria se escovar muito para retirar o cheiro do suor e do ódio. Jogou bastante água na sua vagina, água fria, de modo a matar qualquer espermatozoide que se atrevesse a fecundar um óvulo. Ela estava com ódio, mas, resignada, concluiu que aquilo era melhor do que morrer.

Terminou o banho, secou bem seu corpo, ergueu a cabeça, saiu do quarto e foi até a cozinha. O Coronel e dona Clotilde estavam tomando café. Ela cumprimentou os dois, sentou-se bem ao lado do Coronel, fez sua refeição normalmente e não disse uma palavra sequer. O Coronel a observava e ficou tranquilo com a atitude de Maria Flor. Ela havia entendido o recado, não lhe traria problemas. Ele poderia voltar a Belo Horizonte, dar sequência ao seu plano político, pois em casa os problemas estavam resolvidos. Internamente ele riu: foi até uma maneira prazerosa de resolver aquele problema. Pelo visto, ela até gostou e, se assim fosse, no futuro ele poderia visitá-la mais vezes, sem ameaças e sem outras preocupações.

No rio, Deocleciano conversava com Zé Antônio. Ele falava de sua preocupação, desde que ele fora visitar a mãe. Ele era outra pessoa, distante, frio, não expressava o seu amor como antes. Então ele perguntou: — O que está acontecendo, meu amor? Eu fiz algo para chateá-lo? Sua mãe não melhorou? Converse comigo, eu não aguento essa dúvida.

Zé Antônio fez uma expressão muito triste e disse que não era nada: — Meu amor, de fato minha mãe não melhorou. Os médicos agora acham que a única solução é levá-la para o Rio de Janeiro, para um hospital especializado, mas isso está fora de cogitação. É caro demais. Nem reunindo todos da família vamos conseguir levá-la para tão longe. Mas não se preocupe, eu irei lá visitá-la, vez por outra, até que Deus lhe dê o destino final.

Deocleciano abraçou Zé Antônio. Sabia que o problema era a mãe dele, nada de um novo amor ou qualquer outra desgraça maior. Ele puxou Zé Antônio junto ao corpo e falou bem baixinho no seu ouvido: — Calma, meu querido, eu resolvo esse problema. Não será o dinheiro que o afastará de mim. O Coronel vai embora na segunda. Na terça eu lhe darei mais dinheiro. Mas tem uma condição: você vai, leva o dinheiro e volta aquele Zé Antônio que eu beijei ali, naquele rio, a primeira vez que ficamos juntos. Você se lembra?

Ele não podia deixar de fazer sua cena e então falou: — Não, Deocleciano, você já me ajudou uma vez e não vou permitir que o faça novamente. Deixe o destino seguir seu curso, você tem sido muito bondoso e eu serei grato para sempre. Mas agora chega, eu não posso aceitar esse novo presente. No entanto prometo que farei o possível para esquecer meus problemas e amá-lo como antes.

Assim ele o tomou nos braços, beijou longamente seus lábios e, mais uma vez, com muito mais vigor, fez sexo com Deocleciano.

Esse entrou em transe, tomou banho no rio, montou em seu cavalo e disse: — Na terça-feira nos falamos.

E voltou para a fazenda feliz como nunca. Até esqueceu o Coronel.

Zé Antônio deixou um bilhete na janela de Maria Flor, dizendo que na terça-feira ela não teria aulas de crochê. Ela entendeu.

O Coronel viajou com a sensação do dever cumprido. Antes de sair, no entanto, deu ordens expressas para dona Clotilde para que ela mandasse um mensageiro a Belo Horizonte, informando-o quando Maria Flor anunciasse a gravidez. Ele estava convicto de que agora Deocleciano e Maria Flor se entenderiam e resolveriam ter um filho.

Deocleciano cumpriu o combinado. Tão logo o Coronel viajou, ele pegou uma boa quantia em dinheiro e montou em seu cavalo, que estava arreado à sua espera, e foi ao encontro de Zé Antônio. Deu-lhe o dinheiro e fizeram sexo intensamente. Ele voltou para a fazenda, e Zé Antônio despediu-se e lhe falou: — Você salvou minha mãe, vou agora mesmo levar o dinheiro e providenciar para que a levem ao hospital no Rio de Janeiro.

Deixou Deocleciano partir e foi para a chácara, que havia comprado para Maria Flor. Estava muito preocupado, pois seu plano inicial de fazer um filho em Maria Flor, para atender o Coronel, tinha uma falha grave — sendo Deocleciano homossexual, como Maria Flor iria justificar sua gravidez?

Isso o vinha preocupando. Ele precisava tirá-la da casa do Coronel antes que acontecesse. Mas agora a oportunidade havia surgido. Com o dinheiro nas mãos, ele já podia se estabelecer com ela. Ela conversaria com o pai, este com o Coronel e ela voltaria para a casa de seus pais. Então ela pediria para voltar ao convento, deixaria sua mãe alegre e seu pai aliviado. Ele venderia aquela casa e iriam morar em outra cidade, longe do Coronel, de Deocleciano e de todos os problemas. Seu sonho estava se concretizando. Maria Flor era a mulher da sua vida. Ele estava apaixonado e não poderia viver longe dela, sem o seu amor.

Mas o próximo encontro com Maria Flor mudaria seus planos. Na manhã seguinte, ele esperava por ela feliz e cheio de planos, mas ela chegou chorando e o abraçou. Contou o que acontecera com ela — tinha sido estuprada pelo Coronel — e das ameaças que ele tinha feito. A primeira reação de Zé Antônio foi de ódio. Ele queria matar o Coronel, mas sabia que isso era impossível. Ele era um homem poderoso e qualquer ameaça que sofresse levaria a uma reação descontrolada. Ainda por cima, ele podia expor sua relação com Maria Flor e matá-la de tristeza, pois ela seria a escória da cidade. Nada que ela falasse teria crédito. Ela levaria toda a culpa e nunca mais teria paz.

Ele não poderia deixá-la correr esse risco, tinha de haver outra solução. Eles se deitaram e fizeram sexo como nunca. Ela o abraçava, chorava e lhe pedia perdão.

— Eu não tive culpa, ele me subjugou com sua força, rasgou minhas roupas e tampou a minha boca. Não me deu nenhuma chance de fugir.

Zé Antônio sabia da dor que ela estava sentindo e que o seu amor era capaz de perdoá-la. Mas precisava pensar como tirar vantagem dessa situação.

Levantou-se da cama, olhou para Maria Flor e disse: — Algo vinha me preocupando há muito tempo. Quando você ficasse grávida, ninguém acreditaria que o pai era o Deocleciano. Então, eles tentariam descobrir quem era o seu amante. Eu vinha planejando nossa fuga. Achei que deveríamos fugir para bem longe e viver nossa vida. Porém o Coronel, com certeza, não aceitaria essa ofensa e mandaria seus homens nos procurar até o fim do mundo. Mas agora nós temos a solução. Quando você ficar grávida, e eu espero que seja rápido, o Coronel aceitará que o filho, é fruto do seu estupro e lhe dará toda a proteção, nome para o nosso filho e nós poderemos continuar nosso amor, até tudo se acalmar.

Maria Flor estava apaixonada por Zé Antônio e não discutiu com ele a situação. Achou normal aquele pensamento, pois aquilo era um mal que veio para solucionar um problema muito sério na sua vida. Que viesse o bebê!

17

O Coronel foi recebido na terça-feira pelo chefe do partido em seu gabinete. Era uma ampla sala, muito bem decorada, com as bandeiras do Brasil ao centro, a bandeira de Minas Gerais à direita e a bandeira do partido à esquerda. No centro da parede, atrás da mesa de reunião, uma fotografia do presidente Juscelino com a faixa presidencial. Sentou-se ao lado do presidente do partido e fez os cumprimentos de costume, perguntando pela família e sobre a saúde. O presidente, no entanto, foi mais direto: — Coronel, seu nome tem sido comentado em nossas reuniões como uma pessoa capaz de unir o partido. Sua importância já se difundiu para outras regiões. O senhor já é falado no Triângulo, na Zona da Mata, na região Norte, no Vale do Jequitinhonha e nas mais diversas cidades de pequeno, médio e grande porte.

O Coronel estava entusiasmado com o início da conversa, mas continuou ouvindo.

— Então, Coronel, eu gostaria de saber se eu posso iniciar os trabalhos para colocar seu nome em nossa comissão de eleição, que vai se reunir em poucos dias.

O Coronel estava maravilhado com a conversa. Ele nem sabia que seu prestígio era tão grande, e estava gostando disso. Ficou se lembrando da visita ao Palácio da Liberdade e da sala de despacho. Já se viu sentado naquela mesa maravilhosa e se reunindo com os diversos secretários, dando ordens, mandando fazer coisas. Seu poder seria imenso.

— Claro — disse o Coronel —, estou à disposição do partido e deposito em suas mãos o meu futuro e o futuro de Minas Gerais —, concluiu ele.

O presidente do partido agradeceu ao Coronel e lhe disse: — Herculano vai lhe comunicar os próximos passos. Precisamos do senhor aqui por muito tempo. Faremos reuniões todos os dias, até construirmos a ponte da vitória.

E assim foi. Todo dia era um encontro e muito papel para o Coronel se atualizar. Antes de cada reunião, o Coronel lia e relia os temas sobre os quais deveria falar e se preparava para agradar o ouvinte. Para o representante da área, ele falava dos incentivos que iria dar para a atividade rural, falava em construir estradas para garantir o escoamento da produção, construiria depósitos para guardar a produção de grãos. Para outros empresários, prometia buscar incentivos para que a era industrial de Juscelino chegasse a Minas Gerais. Ou seja, agradava a todos. Entretanto, a preocupação com Deocleciano sempre o acompanhava.

O Coronel já estava há mais de um mês fora de casa. Estava em plena reunião com empresários de Minas Gerais, quando um mensageiro chegou com um recado urgente. Ele pediu licença, saiu e recebeu um envelope fechado. Logo reconheceu a letra de dona Clotilde. Ela falou da saudade, dos filhos, dos negócios e ao final lhe informou: "Vamos ter mais um neto, Maria Flor está grávida." Ele sorriu aliviado, aquele era o único obstáculo para garantir sua candidatura. A notícia era esperada com ansiedade e veio lhe acalmar. Deocleciano era homem, casado e com filho. Ele teria uma semana de folga na agenda, iria visitar a família e comemorar a gravidez de Maria Flor. Enfim, seu plano dera certo.

A notícia da possível candidatura do Coronel colocou a cidade em polvorosa. Ter um governador que morava ali era motivo de muito orgulho e, com certeza, traria muitos benefícios a todos. Mas a notícia da gravidez de Maria Flor provocou muito mais alarde na cidade. Todos comentavam com muita discrição, pois duvidavam da paternidade. Chegaram a imaginar que ela tivesse um amante, mas isso era impossível — numa cidade tão pequena, qualquer fato dessa natureza já teria sido motivo de falatório. Ninguém, nem mesmo a família do Coronel, teria escapado de uma fofoca dessa natureza. Então como ela ficou grávida? Era a pergunta da cidade.

Muitos apresentaram suas teorias, mas ninguém tinha certeza de nada. Até ali, a única tese que se sustentava era a de que Deocleciano, com muito medo do pai, conseguiu, enfim, engravidar a moça.

O Coronel chegou e fez uma grande festa para comemorar o nascimento próximo do neto. Mandou que Deocleciano e Maria Flor ficassem numa posição em que todos pudessem vê-los e admirá-los. Na festa, a alegria do Coronel era demasiada. Ele bebia, conversava com todos e abraçava seus amigos. Estava em campanha, com certeza, mas o motivo da alegria ultrapassava a de um candidato. Deodato, da farmácia, que tinha sido convidado para a festa e conhecia bem o Coronel e seus filhos, pois afinal era ele quem tratava de todos da família, começou a imaginar se Maria Flor não teria um amante secreto. Se Deocleciano não era capaz de lhe fazer um filho, será que o Coronel estava tão feliz pelo futuro nascimento do neto, ou do filho? Foi para casa com essa dúvida.

O tempo passou e alguns meses depois o filho de Maria Flor nasceu. Era um homem. O Coronel, que estava presente quando dona Clotilde fez o parto, ficou muito emocionado e logo mandou distribuir charutos para todos na cidade. Pediu para avisar ao padre que queria fazer o batizado rapidamente, e bem ao seu estilo, muito bonito. Queria que o bispo estivesse presente para consagrar o recém-nascido, pois afinal Leocádio Neto acabara de nascer. Claro que todos o chamariam de Leocadinho. Não importava, sua alegria estava completa.

Logo que Maria Flor saiu do resguardo, ela reiniciou suas aulas de crochê. Dona Clotilde ficava com o Leocadinho para que ela frequentasse as aulas. Ela não conseguia ir a cavalo e a sua saída estava sendo cada vez mais difícil. Todos na casa entendiam que seria melhor ela parar com as aulas ou sua madrinha vir para o Rincão lhe ensinar os segredos do crochê. Ela conversou com Zé Antônio, explicou a ele que não estava mais conseguindo sair de casa e deixar o filho sozinho. Assim, eles precisavam encontrar outra solução, pois ela não poderia vir novamente à sua casa.

18

Aquela casa já não lhe servia mais. Zé Antônio deveria vendê-la e encontrar outra solução para se encontrar com Maria Flor. Foi até lá, limpou todos os possíveis vestígios de seus encontros passados e pintou-a de outra cor. Voltou para a fazenda e chamou Deocleciano para cavalgar. Quando chegaram ao rio, notaram que havia outras pessoas brincando na areia e deram meia-volta. Falou com Deocleciano: — Nosso local de encontro foi descoberto, agora precisamos procurar, outro também seguro.

Deocleciano, assustado, lhe disse: — Aonde iremos? Não conheço nenhum lugar onde possamos nos encontrar sem sermos vistos.

Zé Antônio tinha a solução: — Eu venho pensando nisso há muito tempo e, preocupado com o nosso futuro, descobri uma chácara bem escondida, que podíamos comprar e ter nosso canto secreto. Você gostaria de ver o local?

Deocleciano se entusiasmou: — Claro que quero! Vamos lá!

E foram até a casa de que Zé Antônio falou. Deocleciano se apaixonou logo que atravessou a porteira. Era tudo muito limpo, florido e muito bonito. Quando ele entrou na casa e viu tudo arrumado, disse: — De quem é esta casa? Ela está à venda?

Zé Antônio falou que tinha ficado sabendo que o proprietário estava se mudando para Belo Horizonte para morar com o filho e a estava vendendo por uma pechincha. Entretanto, não seria bom ele saber que era o filho do Coronel que a estava comprando, pois assim todos ficariam sabendo e, com certeza, acabaria a tranquilidade da casa.

Deocleciano compreendeu, deu o dinheiro para Zé Antônio comprar a propriedade e queria logo inaugurá-la. Assim o fez, no dia seguinte. Dono de uma chácara, Deocleciano foi para lá esperar o seu companheiro. Ele estava demorando muito e, quando Zé Antônio chegou, ele reclamou: — Você me fez esperar muito. Eu já estava ficando preocupado. O que aconteceu?

Zé Antônio, na maior paciência, respondeu: — Você estava aqui com todo o conforto da casa, água, comida, cama e ainda reclama. Eu tive de dar satisfação lá na fazenda, pois alguns empregados já estão reclamando que eu saio muito e perguntando aonde eu vou. Afinal, eu sou um empregado do Rincão e tenho obrigações a cumprir.

Deocleciano pôs o dedo na sua boca e falou bem baixinho: — Esqueça, meu bem, vamos inaugurar nosso lar.

Antes de sair da fazenda, Zé Antônio deixou uma carta na janela de Maria Flor, pedindo a ela que deixasse a janela apenas cerrada, sem tranca, que ele iria despistar Deocleciano e entrar em seu quarto para explicar o plano. A intenção era muito simples: como o Coronel estava viajando, o único risco era Deocleciano. Ele o deixaria esperando na chácara, entraria no quarto de Maria Flor, fariam sexo ali mesmo e depois ele sairia ao encontro de Deocleciano. Lá, daria uma desculpa qualquer.

O plano funcionou várias vezes. Ele era sorrateiro, subia na parede como um gato, entrava no quarto sem fazer nenhum barulho e amava Maria Flor intensamente. Era um risco necessário, não poderia mais ficar longe dela. Sentia falta dela, de seu perfume, de suas mãos. Ele tinha de continuar. Porém, a constância do ato elevava os riscos. Eles naturalmente relaxariam seus cuidados e, a qualquer momento, alguma coisa poderia dar errado. E isso ele não poderia aceitar. Ele então comprou um revólver para proteger a si e a sua amada. Toda vez que ia ao quarto de Maria Flor, seu revólver estava com ele. Se fossem descobertos, mataria o intruso e fugiria com ela.

Naquela manhã, como de costume, Deocleciano combinou com Zé Antônio que eles iriam se encontrar na chácara. Ele sairia cedo e esperaria por Zé Antônio. Essa era a senha para ele visitar Maria Flor. Viu Deocleciano sair, esperou um tempo e foi ao quarto de sua amada. Ela estava particularmente linda naquela manhã. Zé Antônio tirou a roupa, colocou-a em cima de uma cadeira e, com todo o carinho, deitou-se ao lado do seu amor.

Quando Deocleciano partia para a Chácara, uma poeira ao longe chamou sua atenção. Parecia um carro e, se fosse, seria o Coronel retornando para casa. Ele não podia estar ausente quando o pai chegasse. Sabia que se voltasse pela serra teria uns quinze minutos de vantagem sobre o carro. Deu meia-volta e galopou para casa.

Chegou rápido e foi direto para seu quarto, pois queria estar ao lado da esposa quando o pai chegasse. A porta estava apenas encostada e ele a abriu. Não acreditou no que viu. Na cama, os dois abraçados, nus. Seu grande amor e sua esposa. “Isso não pode ser verdade”, ele gritou. Os dois, assustados, viraram-se para trás e viram Deocleciano chorando, com a arma na mão. Ele gritou: — Maldita mulher! Você seduziu meu grande amor! Merece morrer!

E atirou em Maria Flor. Ela nem esboçou reação, deu um pequeno gemido e caiu sangrando. Zé Antônio, em desespero, levantou-se e disse calmamente: — Vamos conversar.

Deocleciano, em lágrimas, respondeu: — Não! Eu lhe dei tudo e você me traiu com uma mulher!

Ele chegou perto de Deocleciano, tirou-lhe a arma da mão e mandou que ele tirasse a roupa. Ele obedeceu. Quando Deocleciano estava nu, Zé Antônio preparou-se para fugir. Seria a melhor solução: ele mataria Deocleciano e fugiria pela janela. Iria parecer um assassinato e um suicídio.

Deocleciano percebeu sua intenção e pensou rápido que, se ele fugisse, jamais o veria de novo. Então deu um pulo, agarrou Zé Antônio e começou a bater nele, com muita violência. A arma caiu e Deocleciano conseguiu pegá-la. Quando Zé Antônio se recuperou, avançou contra Deocleciano e ele atirou. A bala atingiu seu coração e ele caiu. Deocleciano entrou em pânico. Acabara de matar seu grande amor, isso não era possível. Abraçou-o e tentou reanimá-lo, mas era tarde. Zé Antônio estava morto.

O barulho dos tiros chamou a atenção de todos. O Coronel acabara de chegar à casa e também ouvira os tiros, entrou no quarto e viu a cena assustadora: na cama, Maria Flor nua e morta. No chão, Zé Antônio também nu e sem vida, enquanto Deocleciano com a arma na mão, chorava e gritava: — Zé Antônio, meu amor, me desculpe. Tudo é culpa daquela vagabunda.

O Coronel tomou a arma de Deocleciano e lhe perguntou o que aconteceu. Ele então respondeu: — Eu matei meu grande amor. Ele estava me traindo com aquela mulher.

— E seu grande amor era um homem? Maldito!

Apontou a arma para o coração de Deocleciano e disparou. A bala o atingiu na altura do coração e ele caiu em cima de Zé Antônio. Aquela cena, com os três mortos, paralisou o Coronel. Ele quase caiu e foi acudido pelo filho Sebastião, que estava próximo à casa, também tinha ouvido os tiros e correu para ver o que estava acontecendo.

O Coronel acalmou-se, mandou chamar o delegado e ficou esperando na sala. Antes preparou a cena do crime e a história do acontecido. Vestiu Zé Antônio, colocou dinheiro em seu bolso, deixou marcas de sangue na parede e na janela do quarto e, quando o delegado chegou, ele mesmo contou a história.

Zé Antônio estava roubando dinheiro no quarto do Coronel. Ao ouvir sua chegada, o assassino tentou fugir e entrou no quarto de Deocleciano. Ele e a esposa estavam fazendo sexo, quando viram o intruso. Deocleciano se levantou, mas Zé Antônio atirou e matou Maria Flor. Deocleciano então lutou contra o agressor, para impedir que ele fugisse quando foi atingido por uma bala. Mesmo agonizante, conseguiu tomar a arma e matar Zé Antônio. Seu filho fora um herói, na tentativa de salvar o patrimônio da família e a vida da esposa. E pagara com a própria vida, mas morreu com a dignidade da família do Coronel.

O Delegado jamais discutiria com o Coronel. Anotou tudo, registrou como de costume e mandou chamar o coveiro para levar Zé Antônio. Enquanto o Coronel preparava um funeral digno de seu corajoso filho, a notícia se espalhou pela cidade e surpreendeu a todos pela força e a coragem de Deocleciano.

No funeral, com muitas flores e músicas fúnebres, Severo e Doralice, sentados junto ao Coronel e dona Clotilde, choravam pelos mortos. Na saída eles agradeceram ao Coronel pela coragem de Deocleciano em proteger sua filha. E ainda se desculparam por ele ter pagado com a própria vida.

De volta à fazenda, o Coronel chorava e pensava em seu filho homem, nu e abraçado com outro homem na sua própria casa. E ainda o chamando de "grande amor da sua vida". Era a sua maior desilusão: ele não merecia aquele destino. Deus o traíra.

O Coronel não obteve mais notícias de Herculano. O deputado não o procurou mais. O governador não respondeu a seus chamados. A candidatura havia morrido junto com Deocleciano. Na cidade, as pessoas não acreditaram na sua história e começaram a surgir vários boatos. Nem ali ele era mais respeitado.

Entrou para o quarto e ficou trancado por um bom tempo. Só aceitava água e um pouco de comida. O dia inteiro ficava pensando em como seria a vida de governador e como seria seu filho casado de verdade, amando sua esposa e lhe dando muitos netos. E quando ele pensava nos netos, vinha à sua mente o estupro de Maria Flor. Leocadinho era seu filho, era filho de seu filho ou era filho de Zé Antônio?

Dona Clotilde estava muito preocupada. Tentou conversar com ele, chamou o padre, mas ele não recebeu ninguém. Depois de dois meses o desgosto matou o Coronel.

Parte dois:

O Doce

Ano de 1967

19

Dona Clotilde chamou Cadim. Essa era a forma como todos passaram a chamar o Leocádio Neto.

— Venha estudar, venha, menino. Você precisa fazer o dever de casa. Amanhã você tem aula e precisa levar seus deveres prontos. Sua professora é muito rigorosa com isso.

Cadim era estudioso, mas não gostava de ir às aulas. As crianças brincavam entre elas, mas nunca permitiam que ele participasse. Durante o recreio, ele se sentava num canto e via todos correndo, fazendo um pega-pega, jogando bola, queimada e outras brincadeiras. Quando ele se aproximava, todos lhe viravam as costas.

Certa vez, a diretora, passando pelo pátio da escola, viu Cadim sentado à parte das brincadeiras e achou estranho. Dirigiu-se à sua sala e mandou chamar algumas crianças em seu gabinete. Perguntou-lhes por que o Cadim não participava das brincadeiras, e a resposta a incomodou muito. Eles disseram que seus pais lhes haviam proibido de tê-lo como amigo, pois ele era filho do avô. A diretora preferiu ignorar o fato, pois não valia a pena desagradar alguns pais. Afinal, o Coronel já havia morrido há muito tempo e, desde que Antônio passou a ser o chefe do clã, o poder da família tinha sido diluído em função dos diversos conflitos em razão da herança deixada.

Desde a morte do Coronel, Antônio, que era o filho mais velho, assumiu o controle dos negócios. Ele já vinha cuidando da fazenda junto com Sebastião, mas agora era ele quem dava as cartas. A primeira providência que ele tomou foi mudar-se com sua esposa para o quarto central da casa. Para isso, ele convenceu dona Clotilde a trocar de quarto. Assim, ele, como novo chefe da família, deixava claro para todos quem iria mandar dali para frente.

Começou por redefinir o espaço de Sebastião, que agora ocupava a segunda posição e, portanto, teria de cumprir suas ordens. Antônio chamou as irmãs e determinou que elas fossem trabalhar como professoras na prefeitura, para ganhar seu próprio sustento. Orientou-as também a procurar um marido, pois não pretendia sustentá-las a vida inteira. Dona Clotilde tentou reclamar, mas Antônio não lhe deu ouvidos.

O relacionamento na fazenda, que sempre fora de muito trabalho, mas muito fraternal, mudou completamente. Antônio geria com rédeas curtas os seus empregados. Já não havia aquele ambiente familiar. Agora era patrão e empregado. Na colheita do feijão, o Coronel costumava deixar os empregados "bater a palhada" e levar para casa o produto resultante. Agora não. Batiam o feijão e a sobra era pesada e descontada do salário de cada um. Isso valia para tudo. Quando matavam um porco, um boi e até mesmo as galinhas, as sobras eram cobradas dos trabalhadores.

Ele estabeleceu uma caderneta e, a cada "compra", o responsável anotava e descontava no fim do mês. A maioria dos empregados recebia um salário tão pequeno que suas cadernetas sempre ficavam no vermelho. O novo patrão era implacável na cobrança. Ele sempre dizia que era preciso cobrar para as pessoas darem valor ao que recebem.

Antônio contratou uns empregados para vigiar os mais antigos, para verificar se eles estavam levando coisas da fazenda sem registrar na caderneta. Estabeleceu-se, assim, o terror na propriedade. Com isso, a produtividade caiu. Uma vaca que antes produzia dez quilos de leite passou a produzir seis ou sete quilos; a falta de sal nos cochos atrasava o ganho de peso de três a quatro meses e, na seca, o peso do animal recuava. Mas como a propriedade era muito grande e rica, essas diferenças só seriam sentidas muito lá na frente. A vaidade de Antônio não permitia que ele percebesse essa mudança.

Dentro de casa começou-se a discutir a herança deixada. Antônio procurava adiar esse debate, pois se sentia dono de tudo. Como dividir o Rincão? Aquele patrimônio fora construído pelo pai e deveria ficar unido. E ele, como primogênito, era o sucessor natural do pai e de seus bens. Cada vez que Sebastião ou as meninas tentavam debater esse tema, ele argumentava que eles queriam destruir a herança do pai e que era melhor ficar como estava, pois garantiria o poder da família.

Dona Clotilde se dividia entre os filhos e o neto, que agora era criado como seu filho. Ouvia as partes, dialogava com Antônio e nada mudava.

Dez anos após a morte do Coronel, a fazenda já registrava prejuízos constantes e o prestígio da família era muito baixo. Ninguém mais respeitava Antônio. Ele não tinha mais crédito na cidade e já devia a todo o comércio. Os empregados, sem receber, iam se mudando para outras propriedades. A decadência era clara.

Antônio tentou um empréstimo num banco em Belo Horizonte, para salvar a propriedade. Como se tratava de uma boa propriedade, o gerente resolveu financiá-lo, tendo a fazenda como garantia. Para isso, seria necessária a autorização de todos os dependentes. Mas ninguém queria assinar a cédula de crédito, e Antônio teve de fazer pequenas concessões para convencer a todos a autorizar a operação. Dona Clotilde pediu para ir morar na casa das freiras mais velhas, e para isso precisava de uma quantia para ajudar as irmãs de caridade.

Sebastião queria reformar a casa que ele tinha na propriedade. As meninas pediram um apartamento em Belo Horizonte — elas já haviam conseguido, com um deputado, amigo antigo do Coronel, uma vaga como professora em uma escola estadual. Cadim não receberia nada.

Antônio pensou nos custos de todos aqueles pedidos e achou que assim ele não conseguiria recuperar a fazenda. Mas não tinha solução. Ele precisava das assinaturas de todos, senão o empréstimo não sairia. Então concordou com todas as exigências. Sabia que primeiro eles assinariam a cédula de crédito e depois, quando o empréstimo estivesse concluído e ele recebido o dinheiro, eles iriam receber seus benefícios. Isso lhe daria tempo para encontrar uma solução. A única dificuldade era dona Clotilde: um problema fácil de resolver.

Fez um documento bem claro sobre o que cada um receberia após a entrada do dinheiro do empréstimo, preparou uma procuração que lhe dava plenos poderes sobre os direitos de cada um na fazenda, obteve a assinatura de todos e partiu para Belo Horizonte. Antes, mandou um carro levar dona Clotilde para a casa das irmãs, pagou uma mesada e prometeu enviar novos recursos sempre que fosse necessário.

Mandou chamar Severo e Doralice e lhes entregou Cadim, dizendo: — Vocês são os únicos que têm certeza de que Cadim é seu neto, pois como diz o ditado: "Filho da minha filha, meu neto é. Filho do meu filho, sei lá se é."

Deu uma risada de sua própria piada. Isso torturou Severo, que teve vontade de agredir Antônio. Doralice o segurou e disse: — O que você quer de nós?

— Quero que vocês levem o Cadim para morar com vocês. Dona Clotilde está muito velha e foi morar com as irmãs de caridade, e ninguém aqui quer cuidar de seu neto.

Cadim ouviu aquilo e quis sair correndo. Doralice, que observou a reação de Cadim, o segurou e disse: — Calma, meu querido, vamos arrumar suas coisas e vamos embora com a vovó.

Com os olhos cheios de lágrimas, ela o abraçou e seguiu em direção ao seu quarto. Pegou uma sacola, reuniu algumas roupas que estavam boas, seu material escolar, alguns brinquedos e colocou tudo dentro. Com o coração abafado e sentindo-se sem ar, levou o neto para fora, sem sequer se despedir de ninguém.

Entrou no carro e disse para Severo: — Vamos embora daqui o mais depressa que você puder. Esse lugar é maldito, matou nossa filha e quer matar nosso neto.

Antônio chegou a Belo Horizonte, hospedou-se no hotel Financial, que já não era o melhor de Belo Horizonte, mas a tradição ainda valia muito. No dia seguinte procurou o banco.

O gerente o recebeu numa sala especial e avaliou os documentos. Tudo parecia em ordem, mas o valor do empréstimo solicitado era muito alto e o banco não gostaria de tomar aquele risco. Pediu a Antônio que deixasse aqueles documentos com ele e que voltasse no dia seguinte, quando teria uma resposta para lhe dar.

20

Durante a viagem à fazenda, Doralice abraçava Cadim, e os dois choravam juntos. Ela lamentava sua ausência na criação do neto. Logo depois da morte de Maria Flor, Severo e Doralice pediram ao Coronel que lhes deixasse cuidar do menino. O Coronel foi duro, direto e não permitiu sequer que eles o visitassem.

— Cadim é meu neto, e será na casa do pai que ele será criado.

Ele culpava Maria Flor pela morte do filho. Sendo assim, os avós maternos não eram bem-vindos àquela casa. Doralice apelou para o seu antigo relacionamento com o Coronel. Implorou para ficar perto do neto, mas o Coronel respondeu: — Que relacionamento? Você acha que eu sentia alguma coisa por você, sua puta? Eu a usava para reduzir os preços das bezerras que o corno do seu marido me vendia... Você estava no preço das bezerras e agora saia daqui e nunca mais volte!

Doralice nunca se esqueceu daquele dia e do ódio que sentia dela mesma por ter sido enganada por aquele homem. Depois da sua morte, ela novamente tentou se aproximar de Cadim. Antônio não permitia. Mas quando ele estava fora, dona Clotilde mandava chamá-la e deixava que ela passasse algum tempo com Cadim.

Agora, ela teria todo o tempo para aproveitar o neto. Como ele estaria na escola? Quem eram seus amigos? O que ele gostava de comer? Qual era seu brinquedo favorito? Teria de aprender tudo sobre aquela criança, mas agora ela teria muito tempo e amor para compensá-lo dos dez anos que lhes foram roubados.

Doralice chegou em casa e logo preparou um banho para o menino. Perguntou o que ele gostaria de comer e ele respondeu:

— O que tiver, vovó, eu como qualquer coisa. Na outra casa eu não podia escolher a comida.

Doralice teve vontade de chorar novamente, mas resistiu e resolveu conversar com ele de forma direta.

— Querido, você agora vai morar com a vovó Doralice e o vovô Severo. Essa é sua nova casa e você vai poder escolher o que comer, onde brincar e tudo o que você quiser fazer você fará. É só pedir à vovó.

Ele respondeu: — Então eu não quero mais ir à escola. Lá ninguém gosta de mim e eu não posso brincar.

Doralice ouviu, fez uma comida que achou que ele iria gostar, fritou batatas, fez um pequeno bife, colocou arroz e feijão no prato e lhe deu para comer. Ela perguntou se ele queria repetir, e ele respondeu: — Posso?

— Claro, meu querido, quantas vezes você quiser — respondeu Doralice.

No dia seguinte, Doralice levou o neto até a escola e resolveu conversar com a diretora para saber sobre o comportamento e as notas dele. Ficou horrorizada com a tranquilidade com que a diretora relatou a situação: ele era tratado como a escória da sala, todos zombavam dele e o ridicularizavam pelas dificuldades que ele tinha. Antes de sair com o Cadim para nunca mais voltar àquela escola, Doralice perguntou à diretora: — A senhora tem filhos? Que Deus nunca permita que um filho seu encontre uma diretora de escola como a senhora. Devia ter vergonha de seu procedimento. A senhora pode ter marcado para sempre a vida dessa criança — bateu a porta e foi embora.

Andando pela cidade, ela discutiu e brigou com muita gente, que via o Cadim e mexia com ele. Ela entendeu que a cidade colocava nos ombros de uma criança todas as mágoas que tinham do Coronel e da família. Ela chegou em casa e avisou a Severo: — Vou me mudar para Belo Horizonte com o Cadim. Esse menino sofre demais nesta cidade. Acabei de tirá-lo da escola e nunca mais saio com ele na rua. Estou arrumando as malas e vamos embora amanhã.

— Calma, Doralice. Você não pode tomar essa decisão assim tão rápido. Onde você ficará em Belo Horizonte? Como vamos viver lá? Nós não temos parentes lá, fomos a Belo Horizonte poucas vezes. Isso é uma loucura.

— Loucura é o que fizeram com nosso neto —, disse ela com voz firme decidida. — Em Belo Horizonte, se você tiver dinheiro, tudo se resolve. Nós vamos amanhã, ficamos em um hotel, saímos e vamos alugar uma casa perto de uma boa escola. Matriculo o Cadim e vou reorganizando a nossa vida devagar, mas longe deste lugar. Eu nunca mais moro aqui, e se eu fosse você, venderia esta fazenda, aplicaria o dinheiro e também se mudaria para lá.

Severo ficou sem dormir. Ele nunca tinha visto Doralice tão decidida. Achou melhor pegar uma quantia de dinheiro e ir com ela. Assim teria tempo para pensar e resolver sua vida.

Doralice passou a noite arrumando suas coisas e as de Cadim para a viagem. Pegou tudo o que cabia no carro, lotou a carroceria da caminhonete e o banco de trás. Amarrou tudo bem firme e só conseguiu dormir quando tudo estava arrumado para a viagem do dia seguinte.

O dia nem bem tinha amanhecido, e ela já tinha feito o café, colocado os dois para fora da cama e estava pronta para iniciar a viagem. Severo ainda tentou adiar a saída e rever a decisão, mas Doralice estava irredutível: "Saímos daqui agora", disse ela.

Ela estava sem ar, aquele ambiente a sufocava. Tinha que respirar o ar dali, que lhe fazia mal.

A viagem foi tensa. Doralice carregava Cadim no colo, pois ele estava muito pálido e não passava bem. Vez por outra ele vomitava e era necessário parar a caminhonete, limpá-lo, limpar o carro e acalmar o menino antes de seguir viagem. A cada parada ele pedia desculpas por ter sujado o carro e perguntava se iria apanhar por isso. Contou que da última vez que viajara no carro de Antônio e passara mal, além de levar várias chineladas, Antônio ainda tinha esfregado seu rosto no vômito.

— Não, Cadim, nunca mais você vai apanhar. A vovó e o vovô lhe amam e não vão deixar ninguém lhe fazer mal.

O que mais preocupava Doralice era a tosse de Cadim, ele estava muito quente, e a tosse o sufocava às vezes.

Com muito atraso, chegaram a Belo Horizonte. Na entrada da cidade pararam num posto de combustível. Severo desceu, abasteceu a caminhonete e pediu orientação sobre um hotel, ou uma boa pousada, familiar, para ele se hospedar com a família. O homem do posto deu as orientações, fez um mapa para ele e deu o nome da pousada que ficava perto dali. Informou que era de sua mãe e que ela recebia pessoas que vinham do interior para começar a vida em Belo Horizonte.

Com alguma dificuldade, perguntando aqui e ali, ele chegou à pousada de dona Carmem. Desceu para fazer um reconhecimento do local, entrou e viu na recepção uma senhora de cabelos brancos, fazendo tricô, sentada numa cadeira de balanço.

— Aqui é a pensão de dona Carmem? — Perguntou Severo.

Ela levantou a cabeça, viu um homem na porta e disse: — Sim, mas eu não recebo homens sozinhos aqui na pousada. Aqui é um lugar para famílias, me desculpe.

Severo gostou do que ouviu e, em seguida, falou: — Eu não estou sozinho. Minha mulher e meu neto estão no carro. Estou aqui por indicação do Luís do posto, que disse que é seu filho.

Ela abriu um sorriso, levantou-se e foi em direção ao pátio. Viu a caminhonete, aproximou-se e disse: — Venha, minha filha, você parece muito cansada. A viagem deve ter sido longa e seu neto parece estar febril. Acho melhor entrar, que eu vou cuidar de vocês. Antes de abrir esta pensão, eu trabalhava como enfermeira do hospital, e conheço bem quando uma criança está ficando doente.

Doralice e Cadim desceram e entraram na pensão. Dona Carmem lhes mostrou o quarto e o banheiro. Perguntou a ela se podia dar um banho na criança, pois ela gostaria de examiná-lo. Nem a cor nem a respiração do garoto lhe pareciam normais. Doralice tinha percebido esses sintomas, mas atribuía aos reflexos da viagem.

Dona Carmem lhe deu um banho morno, pegou o termômetro e mediu sua temperatura. Assustou-se quando viu que marcava 39 graus. Colocou algodão embebido em álcool nas suas axilas, deu-lhe um analgésico e ficou aguardando a reação de Cadim. Enquanto isso Severo foi desembarcando as malas da caminhonete e colocando no quarto que lhes fora designado.

Uma hora depois, a febre ainda não tinha cedido. Doralice estava apavorada, e dona Carmem, mesmo aparentando calma, no seu íntimo não estava gostando da evolução do quadro clínico. Ele tossia muito e se queixava de dor nas costas. Resolveram levá-lo ao hospital.

Entraram na caminhonete e, sob a orientação de dona Carmem, Severo dirigiu até o hospital onde ela havia trabalhado. Ela chegou com Cadim no colo e logo se dirigiu à recepção. Como ela conhecia todos os que estavam de serviço naquele dia, foi entrando e procurou o médico de plantão.

Ele atendeu o menino, mediu sua febre, que a essa altura já atingira os quarenta graus. Após a ausculta, o encaminhou imediatamente para o exame de raios X. Enquanto o exame ficava pronto, o médico mandou aplicar soro e deixá-lo em observação. O exame só confirmou as suspeitas. O médico mandou aplicar uma injeção com uma grande dose de penicilina. Cadim foi então internado na área reservada aos doentes do pulmão.

Chamou dona Carmem, Doralice e Severo e lhes falou: — Ele está com uma pneumonia avançada, corre sério risco de perder a vida. Esta noite é crucial para sua recuperação, ele vai lutar pela vida. Se sobreviver, amanhã farei novos exames. Vamos rezar para que haja uma evolução favorável. Ainda bem que a senhora o trouxe aqui agora. Em casa ele não teria nenhuma chance de sobreviver.

Doralice começou a chorar e foi ajudada por dona Carmem. Severo não sabia o que fazer. O médico recomendou que fossem para casa, já que ninguém poderia ficar como acompanhante naquela área. Doralice não queria ir embora, pedia para ficar, mas dona Carmem a convenceu e disse que pela manhã eles voltariam.

De volta para a pousada, dona Carmem fez a ficha do casal, mandou preparar um leite quente com rosca, para que eles se alimentassem antes de dormir, e emprestou uma imagem de São Judas Tadeu, para que Doralice pudesse fazer suas orações.

Desejou boa noite e foi para o seu quarto. A noite foi longa, ninguém dormiu. Doralice passou a maior parte do tempo de joelhos, rezando e pedindo a Deus pela vida de Cadim. Severo estava sem lugar. Não estava acostumado a dormir fora de casa, e o colchão o incomodava, mas reconhecia que seu problema era muito pequeno em relação à situação crítica do seu neto. Começou a rezar também.

Logo ao amanhecer Doralice já estava pronta para sair. Encontrou-se com dona Carmem, que mandou servir o café para os dois. Estava angustiada por notícias de Cadim e não queria comer nada. Dona Carmem então a acalmou: — Ele está bem, passou a noite sem problemas. Fique tranquila, que ele vai sobreviver. Conheço bem a rotina do hospital. Se fosse o contrário, nós já saberíamos. Nesse caso, quanto menos notícia a família receber, melhor ele está.

Isso acalmou Doralice. Afinal, dona Carmem trabalhara no hospital por muito tempo.

Depois do café, eles voltaram para o hospital. O médico de plantão era outro, mas também era do tempo de dona Carmem. Ela logo perguntou sobre a criança e o médico respondeu: — Ele passou bem a noite, a febre cedeu um pouco e o exame da manhã mostrou uma pequena melhora na função pulmonar. O risco ainda existe, mas hoje é muito menor do que o de ontem à noite.

Cadim havia vencido a primeira grande batalha por sua vida.

Elas pediram permissão ao médico para ver o menino. A princípio ele não queria correr o risco de deixá-las entrar, mas, diante da insistência de Doralice e tendo em vista a experiência de dona Carmem, ele concordou. Entretanto exigiu que fossem paramentadas, com máscaras e roupas apropriadas e que ficassem à distância. Não podiam se aproximar dele. Elas concordaram, prepararam-se e foram ao andar onde Cadim estava internado.

Elas o viram de longe. Ele estava muito abatido, com oxigênio nas narinas, soro e demais aparelhos para o monitoramento de sua pulsação e oxigenação. Era uma cena triste, mas todos estavam alegres: ele estava vivo e com boas chances de vencer mais essa batalha.

Essa rotina durou sete dias. Elas saíam pela manhã, visitavam o menino, voltavam para casa, almoçavam, voltavam à tarde e acompanhavam a constante evolução de Cadim. Nos últimos dias ele já sorria, não tinha mais aparelhos monitorando seus sinais vitais, nem mesmo a máscara de oxigênio ele usava. No oitavo dia de internação teve alta.

21

No dia seguinte, Antônio acordou cedo, tomou o café no bar do hotel, pediu o jornal do dia, leu, esperou as lojas da Avenida Afonso Pena abrirem e foi em busca de uma roupa nova.

Quando foi ao banco na véspera, estava usando uma roupa comum, das que costumava vestir na fazenda, e achou que não tinha causado uma boa impressão ao gerente, que, por sua vez, trajava terno e gravata. Isso o deixou constrangido. Sua aparência deve ter sido determinante para a recusa inicial do empréstimo.

Entrou numa loja de roupas para homens e pediu para ver um terno. O atendente lhe trouxe alguns modelos. Ele gostou de um terno claro de linho bege. Experimentou-o e aprovou o que viu. Apenas as pernas tinham ficado um pouco compridas, nada que o alfaiate da loja não ajustasse em minutos. Voltou para o hotel e ficou esperando o tempo passar até o horário combinado com o gerente do banco.

No horário marcado, e de terno novo, Antônio seguiu para o banco. Logo notou a diferença no tratamento. A recepcionista, que ontem nem levantara a cabeça para observá-lo, agora lhe fez uma reverência e até o chamou de doutor. Quando chegou à recepção do andar do gerente, uma senhora muito bem vestida, a quem não tinha visto no dia anterior, veio ao seu encontro, desejou-lhe boa tarde e o levou para a sala de reuniões. Em poucos minutos o gerente chegou acompanhado de outro homem, que trajava um terno cinza, muito bem cortado e elegante.

Em seguida, o gerente lhe apresentou o outro personagem da reunião, o deputado Onofre de Caldas, do qual ele já deveria ter ouvido falar. Acrescentou que o deputado estava atuando ao lado do governador e com certeza seria o indicado para o cargo no próximo ano. Antônio estranhou a presença do deputado na reunião, mas como ele precisava do dinheiro, tudo que o gerente quisesse ele estava pronto a atender.

O gerente logo começou a descrever a situação do banco e disse que a carteira de empréstimos rurais acabara de ser fechada e que, assim, ele não poderia dar sequência às tratativas da operação do empréstimo que Antônio estava pleiteando. Isso deixou Antônio perplexo, afinal os documentos já haviam sido entregues e eles já tinham avançado bem nas negociações.

O gerente então continuou: — Fiquei preocupado com a situação da fazenda, senhor Antônio. Pelo relato de nossos avaliadores, trata-se de uma grande propriedade, mas que vem gerando muitos prejuízos desde a morte do Coronel Leocádio. Sua administração não tem conseguido manter a produtividade e isso vem trazendo consequências financeiras para a família. Na verdade, senhor Antônio, sua gestão tem fracassado em conduzir a fazenda e um empréstimo agora só aumentaria seus problemas. Não me leve a mal, mas minha obrigação profissional, além de proteger os interesses do banco, também é dar as melhores recomendações aos nossos clientes.

Continuou o gerente: — Pensando nisso, convidei o deputado Onofre Caldas para esta reunião, porque acho que ele tem a melhor solução para os seus problemas.

O Deputado então começou a falar.

— Caro senhor Antônio, eu estou procurando boas oportunidades para construir um patrimônio para minha família e pedi ao gerente que me avisasse caso aparecessem bons negócios, dos quais o banco não tivesse interesse em participar. Ele me informou da sua situação. Disse que o banco não poderia lhe ajudar com o empréstimo pleiteado e que isso, com certeza, levaria seus negócios à bancarrota. Pelo que sabemos, o senhor está devendo aos empregados, aos fornecedores e a todos na cidade, além de alguns pequenos empréstimos feitos em outros bancos. Nessa situação, seu futuro é incerto e é muito provável que muito rapidamente o senhor perca tudo, inclusive a fazenda. Sua família ficaria sem nada e o senhor teria de trabalhar como empregado rural.

Antônio se assustou. Sabia da situação, mas nunca a tinha visto sob essa perspectiva — ficar sem nada e ainda trabalhar como empregado? Isso nunca. Qual seria a proposta do deputado? Ele indagava a si mesmo.

O deputado então continuou: — Eu posso estudar a possibilidade de livrá-lo de todos os seus débitos e ainda lhe dar uma boa soma em dinheiro, que o senhor teria livre e sem dívidas para resolver o seu problema e o de sua família.

Antônio ficou curioso. O que ele de fato desejava? Apoio político?

O deputado continuou: — Avaliamos seus compromissos, seus débitos, os valores que o senhor prometeu dar à sua família e achamos que podemos assumir suas dívidas e ainda lhe dar uma boa quantia em dinheiro.

Antônio não entendeu o que ele queria, mas continuou ouvindo, atônito.

— Então, caro Antônio, eu quero comprar o Rincão, nessas condições que lhe falei. Você tem a procuração de seus irmãos e de sua mãe. Pode assinar a venda sem nenhum problema legal. Podemos fechar hoje. O contrato já está pronto, você assina e amanhã terá o seu dinheiro.

O gerente então entrou na conversa: — Você pode aplicar aqui no banco, terá um bom rendimento e poderá ter uma vida tranquila daqui para frente, sem nenhuma preocupação.

Antônio não esperava essa oferta. Ele não gostaria de vender o Rincão, mas, sem o empréstimo, estava perdido. Sua dívida era muito grande, suas condições financeiras precárias, mas isso poderia resolver todos os seus problemas. Pediu ao deputado um tempo para consultar seus irmãos e sua mãe. O deputado queria resolver tudo naquele dia. Caso demorasse, ele poderia ter outras ofertas. Ele sabia do valor do Rincão e da cobiça de várias pessoas sobre aquele patrimônio, mas não podia obrigá-lo a aceitar a proposta de imediato, sob pena de levantar suspeitas sobre a operação. Combinaram de se encontrar no dia seguinte, para definir o negócio. O deputado alertou que ele tinha outra fazenda em vista e que o dia seguinte seria o seu limite. Sua proposta perderia o valor se não fosse resolvida naquela data.

Antônio foi para o hotel entre eufórico e preocupado. A proposta era tentadora, mas vender o Rincão não estava em seus planos. Ele precisava pensar, fazer contas, verificar a real situação e no outro dia dar uma resposta ao deputado.

Antônio chegou ao hotel e logo subiu para o quarto. Queria descansar um pouco e, em seguida, fazer contas, mas estava muito tenso e não conseguiria concatenar seus pensamentos. Ligou para a portaria e perguntou ao atendente o que ele poderia fazer naquela noite para relaxar. O porteiro logo entendeu e sugeriu que ele fosse a uma boate com alguém, para dançar, ouvir música e se divertir. Ele gostou da ideia e pediu que ele chamasse uma garota.

No horário combinado, ouviu uma batida na porta de seu quarto, abriu e viu uma deusa: morena, olhos claros, cabelos lisos, pernas roliças, um corpo deslumbrante. Ela vestia uma minissaia preta, que deixava à mostra os joelhos e uma parte da coxa, contrastando com a blusa branca, que, ligeiramente aberta, deixava entrever parte dos seios firmes. Antônio não acreditou que existisse uma mulher com tamanha beleza e perfeição, mas ela era real e estava em seu quarto para lhe fazer companhia.

Ele ficou sem saber como proceder naquela situação. Sabia que deveria pagar pela companhia, mas quanto? Deveria perguntar o preço agora? Isso poderia acabar com aquele clima de fascinação que lhe envolvia. Convidou-a para entrar. Ela entrou com um pouco de timidez, e ele mandou que ela se sentasse. Sem saber como iniciar a conversa, Antônio acabou perguntando o seu nome e se ela faria companhia a ele. Ela disse que se chamava Kátia e estava muito embaraçada, pois era a sua primeira vez como acompanhante e não sabia muito bem como se comportar na presença de um homem tão bonito e importante. Para Antônio também era a primeira vez que ele estava com uma mulher de programa, mas a inexperiência da moça lhe dava confiança para se apresentar como um homem vivido. Ele perguntou se ela preferia ir a uma boate ou ficar ali no quarto com ele. Ela disse: — Eu estou à sua disposição, farei o que o senhor mandar.

Ele não acreditou que tinha aquela linda mulher sob seu comando.

Resolveu ficar no quarto e aproveitar daquele corpo maravilhoso. Antes, precisava conversar com a moça, saber de sua vida, de seus problemas, como ela chegou à sua profissão, se é que aquilo era uma profissão.

Ela então contou sua vida. Era uma moça pobre que trabalhava fora para ajudar a mãe viúva. Havia se apaixonado pelo filho do patrão, que a tinha seduzido, prometendo casar imediatamente. Mas depois que ele conseguira seu intento, ele sumiu e o patrão a demitiu. Ela ficou desesperada, pois a sobrevivência de sua mãe dependia de seu trabalho. Procurou várias oportunidades de emprego, mas não conseguiu nada, até que lhe mandaram procurar o hotel Financial, pois ali sempre havia a possibilidade de se obter trabalho. Ela procurou o hotel e lhe ofereceram o trabalho de acompanhante de pessoas importantes, que vinham a Belo Horizonte para trabalhar e gostavam de se divertir, dançar, beber, ir a boates. Então ela estava ali trabalhando há pouco mais de duas semanas, mas seu sonho era encontrar um príncipe que a colocasse num cavalo branco e a levasse para o altar.

Antônio queria muito perguntar quanto ela cobrava, mas temia a resposta, pois isso poderia afugentá-la e ele estava muito interessado na garota. Suas dúvidas se afastaram quando ela, por livre iniciativa, lhe falou: — Normalmente eu cobro para acompanhar essas pessoas, mas no seu caso eu não vou cobrar nada. Você é muito simpático, romântico, um homem forte e bonito. Acho que vou gostar da sua companhia e se eu lhe cobrar será uma relação profissional e não de amizade, como eu estou sentindo agora. Ficar aqui me dá segurança e eu me sinto protegida.

Ela jamais iria dizer que já tinha sido paga pelo deputado, mas fazia seu jogo de cena.

Antônio sentiu um grande alívio. Essa era a companhia que ele precisava: uma mulher sensível, que gostasse dele, sem muita experiência com outros homens e que ainda não queria nada dele, a não ser proteção. Ele perguntou o que ela gostaria de beber e ela pediu champanhe. Antônio mandou subir uma garrafa bem gelada. Ele não era muito chegado a bebidas, mas não podia fazer feio. Então resolveu aprender a beber champanhe com ela. À medida que ele bebia, a conversa com Kátia ficava mais leve.

Ele se aproximou e tentou beijá-la. Ela recuou, desculpou-se e disse envergonhada: — Será que é isso mesmo que você quer ou eu estou lhe provocando além do limite? Será que a bebida está me deixando atrevida?

Antônio amou essa reação. Como uma moça inexperiente daquelas estava à sua disposição, ele precisava ensinar-lhe as coisas boas da vida. Voltou à carga e desta vez ela correspondeu ao beijo. Daí em diante ela permitiu que Antônio fizesse o que ele quisesse com ela. Quando ele se saciou, ela perguntou o que ele estava fazendo em Belo Horizonte. E ele contou tudo sobre a negativa do empréstimo, a oferta para a compra da fazenda, as oportunidades que ele teria se a vendesse e as dificuldades se não a vendesse.

Kátia, que parecia estar bêbada, começou a falar sobre as vantagens de vender a fazenda. Mostrou que ele poderia viver muito mais tranquilo sem as obrigações do dia a dia e podendo aproveitar a vida. Ela adoraria visitar o Rio de Janeiro e, se ele vendesse a fazenda, eles poderiam ir juntos. Ela contou sobre o Rio, o Pão de Açúcar, o bondinho, a praia de Copacabana, os bares e os restaurantes. Ela acharia maravilhoso passar uma semana com ele no Rio.

Para finalizar ela disse: — Veja o quanto você trabalhou nesses últimos dez anos! E o que você aproveitou da vida? Nada. Só arrumou dívidas e aborrecimentos. Pense bem e avalie as vantagens da venda.

Virou-se para o lado e dormiu. Antônio ficou admirando aquele corpo lindo a seu lado enquanto pensava nas palavras dela. Como seria bom conhecer o mar com aquela garota, passear pela praia de mãos dadas. Com certeza seria muito melhor do que pegar carrapatos, bernes e bicho de pé lá nos currais do Rincão. Virou-se para o lado, apagou a luz e disse: — Amanhã será o grande dia.

22

Cadim saiu do hospital com Doralice e Severo, e foram direto para a pensão de dona Carmem, que os esperava com bolos e docinhos. Ela teria preparado uma festa para Cadim, mas os compromissos com os outros hóspedes não lhe deram tempo. Depois de instalados no quarto, Severo saiu e foi comprar os remédios que o médico tinha receitado, enquanto Doralice preparava a cama para o repouso recomendado para Cadim.

Vencida essa etapa da doença de Cadim, Severo e Doralice resolveram que era hora de decidir a situação da nova família. Doralice estava convicta — ficaria em Belo Horizonte. Achava que Deus havia lhe mandado para salvar a vida de Cadim, pois se eles estivessem na fazenda, com certeza ele teria morrido. Deus o colocou nas mãos de dona Carmem, que foi decisiva para identificar a gravidade da doença e encaminhá-lo ao médico na hora certa.

Severo precisava voltar à fazenda, que não podia ficar sem sua presença. Por outro lado, não podia deixar Doralice e Cadim sem moradia e sem dinheiro. Era preciso resolver o que fazer. Doralice então teve uma boa conversa com dona Carmem, contou-lhe tudo e disse da sua pretensão de morar na cidade. Mais uma vez, os conselhos de dona Carmem a ajudaram a encaminhar a situação.

Eles alugaram uma casa vizinha à pensão de dona Carmem. A casa era pequena e aconchegante. Foram a uma loja e compraram algumas mobílias, apenas o básico: cama com colchão, mesa, fogão e uma pequena mesinha de estudos para Cadim. A casa estava montada. Mudaram-se, mas continuaram a visitar dona Carmem todos os dias, que sempre tinha um agrado para Cadim.

Também com dona Carmem eles procuraram a diretora da escola e conseguiram matriculá-lo. Como Cadim não trouxera a transferência da outra escola e seu teste não fora muito bom, resolveram que ele ficaria no primeiro ano, mesmo estando com dez anos. Estava muito atrasado em relação às demais crianças. Doralice não se importou. Achou que seria melhor começar do zero, pois ela sabia como ele havia sido tratado na última escola. Com novas matérias, Cadim começou a frequentar as aulas, ainda muito retraído. A professora, que também conhecia o problema, buscou logo inseri-lo na turma e dar a ele um ambiente seguro para seu desenvolvimento.

Severo voltou para casa, pôs as coisas em ordem e achou melhor vender a fazenda. Procurou Deodato na farmácia e depois o Joca no armazém e informou a eles sua intenção de vender a propriedade. Com certeza aqueles dois eram as melhores pessoas para divulgar a notícia. No dia seguinte Severo foi chamado à farmácia e já tinha uma pessoa interessada na compra da terra. A fazenda de Severo era uma das melhores da região: não era grande, mas tinha uma topografia boa, muita água e estava toda formada. Tinha bons currais e a sede era muito bem conservada.

Com a dificuldade normal de se vender uma propriedade e, ainda mais porque dava uma dor no coração de Severo vender a fazenda, as negociações foram caminhando devagar. O valor oferecido estava muito abaixo das pretensões de Severo e por isso ele achou melhor esperar outra proposta. Sua fazenda era bem dirigida, ele conseguia uma boa retirada e vendê-la de qualquer jeito não era uma boa alternativa.

Precisava conciliar o trabalho na fazenda com a nova vida de Doralice e o neto em Belo Horizonte. Deodato lhe deu uma boa sugestão: contratar um bom gerente para a fazenda. Com isso ele poderia dar assistência a Doralice e manter a propriedade até que encontrasse um comprador que lhe pagasse o que ele queria. Assim ele fez. Não foi difícil encontrar interessados no trabalho. Como conhecia praticamente todos os candidatos, foi fácil selecionar o Damião, que era casado e tinha dois filhos já em condições de trabalhar. Damião começou a trabalhar imediatamente e Severo pôde então voltar a Belo Horizonte e contar as novidades a Doralice.

Cadim estava muito feliz na escola, brincava com todas as crianças, ninguém o chamava de filho do avô e ele, mesmo com dificuldades, aprendia a ler e a escrever. Doralice acompanhava de perto sua vida na escola, visitava a professora e perguntava sobre o comportamento de Cadim. Perguntava sobre o aprendizado e se alegrava quando o via inserido nas brincadeiras com os demais alunos.

Assim seguia a vida de Cadim e Doralice, sempre ao lado de dona Carmem, que agora era a tia Carmem. Ele tinha adoração por ela, e ela correspondia a esse amor. Cadim era feliz, nem os traumas que sofrera na infância o atormentavam mais. Aquilo era uma página virada em sua lembrança. Ele seguia em frente, mostrando que a estratégia de Doralice tinha sido bem sucedida. O único incômodo de Doralice e de Cadim era a ausência de Severo. No início, ele vinha todos os finais de semana, mas depois começou a ter compromissos na fazenda. Primeiro, foi um leilão no qual ele precisava estar presente para vender suas bezerras, pois não tinha mais um comprador fixo, como na época do Coronel. Depois, ele alegou cansaço e assim passou a viajar de quinze em quinze dias. Atualmente, a periodicidade era aleatória e Doralice não sabia quando Severo ia chegar.

Isso a incomodava muito e ela precisava resolver essa situação. Chegou até a pensar que Severo tinha outra mulher na fazenda, mas logo tirou isso da cabeça. Severo não era esse tipo de homem, ele sempre fora correto e fiel. Ao pensar assim, lembrou-se do Coronel e começou a chorar de tristeza.

Quando Severo chegou, ela teve uma conversa muito séria e determinada com ele.

— Precisamos resolver essa situação. Você praticamente abandonou a mim e a seu neto. Você manda dinheiro, mas não está presente. O que está acontecendo com você, homem de Deus?

Severo esperava essa conversa e estava preparado para responder-lhe.

— Você, Doralice, me trocou pelo nosso neto. Saiu de casa, mudou-se e nunca mais voltou à fazenda. Eu tentei lhe acompanhar, quase vendi a fazenda e sei que teria feito o pior negócio da vida, pois aquela propriedade faz parte de mim e eu não consigo viver em outro lugar. Nasci e me criei ali, foi lá que nos casamos e tivemos Maria Flor, e é lá que quero morrer. Não tenho mais saúde para viajar todos os fins de semana para Belo Horizonte, a estrada é perigosa e cansativa. Nos dias em que passo aqui, eu não descanso. Pelo contrário, fico mais cansado. Então, Doralice, não posso atender ao seu pedido. Você escolheu seu neto, e eu escolho a fazenda.

Doralice estava lívida. Nunca pensara por aquele lado. Severo tinha razão, aquela casa, que ela tanto amava, para ele era uma prisão. Ele precisava do ar, do cheiro de terra molhada e do capim. Precisava tirar leite das vacas, plantar e colher o milho, alimentar as galinhas, os porcos, colher as bananas — precisava da terra. Ela precisava do neto. O impasse estava instalado.

A vida de Doralice estava arrumada. Cadim indo bem na escola, feliz, ela satisfeita com a casa, agora já toda mobiliada e decorada. Tinha uma amiga que era o seu esteio e lhe dava todo o apoio de que ela necessitava. Mas ela precisava de Severo. Suas palavras tinham sido muito diretas e ele estava decidido a manter sua situação atual, e ela também. Como conciliar a vida dos dois? Ela procurou dona Carmem e desabafou, contou-lhe tudo e pediu que ela a ajudasse.

A sabedoria de dona Carmem era grande, e ela logo falou com Doralice: — A situação é muito delicada. Você deveria ter feito uma sondagem antes de iniciar a conversa, para saber o que ele estava sentindo. Não inicie um conflito se não tiver a certeza de que vai vencê-lo. Você o colocou contra a parede, e ele reagiu. Trate de amenizar suas críticas e sugira um meio-termo, aceite visitá-lo de vez em quando, faça você a viagem e, assim, você poderá avaliar o que ele sente. Concilie. Na sua idade, não é mais possível viver em conflito com o marido.

Assim Doralice fez. Procurou Severo e, mesmo a contragosto, aceitou ir de vez em quando à fazenda para lhe fazer companhia. Só impôs uma condição: não levaria Cadim, ela o deixaria com dona Carmem. Aceitou que ele viesse apenas quando estivesse disposto. Chegaram a um acordo, colocaram uma pedra no assunto e organizaram sua nova maneira de conviver.

A primeira viagem de Doralice à fazenda foi sofrida. Ela deixou Cadim com dona Carmem e saiu cedo. Luís, filho de dona Carmem, levou-a à rodoviária. Seria a sua primeira viagem de volta à sua terra, e ela estava sozinha. Não queria encontrar nenhum conhecido no ônibus, por isso comprou um lugar bem no fundo, junto à janela, pois assim não veria ninguém. A viagem foi um tormento. Ela não estava feliz em voltar àquela cidade e, além disso, a estrada era muito ruim. O ônibus sacolejava muito, e em várias ocasiões ela teve ânsia de vômito. A demora da viagem também a irritava.

O ônibus finalmente chegou ao seu destino. Severo a esperava na praça, onde funcionava o terminal de ônibus. Ela entrou no carro sem olhar para os lados, fechou os vidros e disse: — Saia logo daqui.

Lá no fundo, tinha saudades da fazenda, de seu forno, onde fazia seus bolos e pães de queijo, de sua horta... como estaria a horta? Ainda existiria? Com essas perguntas na cabeça, chegou ao seu destino.

Damião estava esperando na entrada da casa. Tão logo o carro parou, ele se aproximou e abriu a porta para Doralice: — Bom dia, dona Doralice, é uma satisfação conhecer a senhora. Seu Severo fala muito na senhora. Já, já a Mariquinha chega para conhecê-la e servir o almoço. O seu Severo falou que a senhora gosta de costelinha com canjiquinha, e foi isso que ela fez para a senhora.

Doralice agradeceu, entrou e logo notou várias diferenças na casa. Mas estava muito cansada da viagem e resolveu tomar um banho antes do almoço.

Logo Mariquinha chegou e se apresentou, serviu o almoço, que estava uma delícia. Doralice lembrou-se dos bons momentos que viveu ali. Saiu para visitar a horta, que estava linda, muitas verduras, alfaces, couves, repolhos, tudo muito bonito. Ela ficou orgulhosa, mas um pouco enciumada — a horta de Mariquinha estava melhor do que a dela.

Passou uma semana na fazenda, feliz de reencontrar suas origens, mas preocupada com Cadim sozinho. Marcou a volta para o dia seguinte, saiu bem cedo, despediu-se de todos e foi para a praça pegar o ônibus de volta a Belo Horizonte. Como fizera na vinda, pediu um lugar no fundo e na janela, para não ter contato com ninguém da cidade.

Dona Carmem pediu a seu filho Luís que fosse até a rodoviária buscar Doralice, pois ela teria certa dificuldade de andar sozinha na cidade. Luís estava na rodoviária no horário em que o ônibus deveria chegar, mas ele estava atrasado. Luís esperou por mais de uma hora, sem sucesso. Procurou a empresa para saber sobre o atraso e ficou chocado com a notícia de que o ônibus tinha sofrido um acidente na estrada e não havia sobreviventes. O ônibus tinha caído em uma ribanceira com mais de 50 metros de altura, e o Corpo de Bombeiros já estava no local para retirar as vítimas.

Cadim, a essa altura, já tinha quatorze anos. Recebeu a notícia com grande tristeza, pois a vó Doralice era sua verdadeira mãe, seu amparo. Ele jamais imaginou perdê-la daquela forma. Estava desamparado e sozinho no mundo novamente.

Depois dos procedimentos fúnebres e da missa de sétimo dia, chegou a hora de seguir em frente. Severo procurou dona Carmem, que desde o acidente não se separara de Cadim, e foram conversar sobre o futuro. Como fazer com Cadim, com a casa?

Dona Carmem foi muito direta: — Doralice não aceitava que Cadim voltasse para a sua cidade. Ele está adaptado aqui, está indo bem na escola, gosta de todos e todos gostam dele. Então, seu Severo, daqui o Cadim não sai.

Severo tentou argumentar, mas ele mesmo achava que essa seria a melhor solução. Ele não teria condições de cuidar do Cadim na fazenda. Como último argumento, achou que seria adequado perguntar ao jovem qual seria o seu desejo, e assim fez.

Cadim não titubeou: — Quero ficar morando aqui com a tia Carmem.

Severo concordou, prometeu mandar uma mesada para cobrir os custos da hospedagem na pensão e mais uma quantia para os gastos pessoais e disse que, de vez em quando, viria a Belo Horizonte visitá-lo.

Abraçou Cadim e se despediu.

23

Antônio foi acordado por Kátia.

— Acorde, meu amor — disse ela —, temos de tomar café e ir ao banco negociar a fazenda, hoje é o nosso grande dia.

Ele levantou-se, tomou um banho e pediu o café para os dois. Namoraram de novo, e dessa vez Kátia lhe proporcionou um prazer diferente, que ele nunca tinha experimentado. Ele atingiu o orgasmo muito rápido, o que provocou a reação de Kátia, mas nada que não fosse entendido como uma forma de amor.

Chegaram ao banco, e Antônio logo apresentou Kátia ao deputado e ao gerente, que fingiram que não a conheciam. O deputado a cumprimentou com um beijo nas mãos. Antônio achou aquilo muito respeitoso. Assim, começaram as conversas.

O gerente logo apresentou a escritura e disse que o tabelião chegaria em dez minutos. Antônio ainda não tinha se decidido pela venda, mas a escritura estava pronta e a conversa se desenvolvia como se tudo já estivesse acertado.

Antônio pediu mais explicações sobre o processo de venda, quem pagaria as dívidas da fazenda, como ficariam os empregados, quanto ele receberia e de que forma. Suas dúvidas foram rapidamente respondidas pelo gerente. Ele receberia a diferença entre o valor da fazenda e o valor de todas as dívidas e salários dos funcionários, uma vez que o deputado iria honrar todos os compromissos do Rincão, em nome de Antônio. E ele, com todo aquele dinheiro em mãos, poderia aproveitar a vida da forma que quisesse. O banco lhe pagaria juros pelo dinheiro que ele deixasse aplicado na poupança, ou seja, ele nunca mais teria problemas financeiros. No entanto, caberia a ele resolver a questão da partilha com os irmãos e a mãe.

Antônio compreendeu e disse que com a família ele resolveria, pois já tinha acertado com todos. Kátia lhe deu um beijo e o parabenizou pela decisão. Todos se cumprimentaram. O tabelião chegou, leu a escritura completa em voz alta para todos os presentes. Como todos estavam de acordo, o negócio foi fechado. Tudo assinado e o dinheiro depositado na poupança em nome de Antônio, exceto uma pequena parte que ele iria gastar com Kátia no Rio de Janeiro. Mas antes ele precisava ir à fazenda para dar posse ao deputado.

Quando chegou à fazenda, houve uma pequena confusão quando Sebastião e suas irmãs descobriram que ela fora vendida, mas todos ficaram mais tranquilos quando Antônio explicou os motivos da venda e a forma como ele repartiria o dinheiro assim que recebesse do deputado.

Deu posse ao deputado, reuniu a família, disse que iria a Belo Horizonte receber e voltaria com a parte de cada um, conforme combinado. Falou para a esposa procurar uma casa na cidade e alugá-la, pois quando voltasse resolveriam juntos como seguiriam a vida. Despediu-se de todos, com a promessa de voltar em poucos dias com o dinheiro de cada um.

Quando chegou a Belo Horizonte, Kátia, com o dinheiro que ele havia deixado com ela, já providenciara tudo para a viagem. Passagens aéreas para o Rio de Janeiro e reserva de hotel em Copacabana. Comprara também roupa de verão para ela e para Antônio, afinal aquilo se parecia com uma lua de mel. Antônio, a princípio, ficou com receio de viajar de avião, já que era uma grande novidade para ele, mas não iria demonstrar medo para Kátia. Ela tinha por ele grande apreço, e ele sabia que ela o via como um grande herói. Não iria decepcioná-la.

No dia seguinte, embarcaram para o Rio de Janeiro. Antônio suava frio, e Kátia o acalmava. A viagem foi rápida. Na chegada ao aeroporto Santos Dumont, a vista da baía de Guanabara e do Cristo Redentor ao fundo deixaram Antônio eufórico. Eles pousaram e pegaram um táxi até o hotel. Kátia pediu ao motorista que seguisse pela praia, o que permitiu que Antônio se deslumbrasse com a beleza do Rio de Janeiro. Ele jamais tinha visto nada igual. Mulheres lindas, o sol, o mar, os bares nas calçadas... ali era o paraíso, pensou ele.

Kátia fazia todos os roteiros: bons restaurantes, muito champanhe, teatro e mergulhos em Copacabana. Foi a semana mais maravilhosa da vida de Antônio. Como alguém no Brasil podia viver noutro lugar que não no Rio de Janeiro?

Pensando assim, observou anúncios de imóveis à venda e resolveu especular os preços e as condições. Achou tudo muito caro e disse à Kátia que gostaria de morar definitivamente no Rio, mas que achara os preços muito altos. Ela sugeriu que ele alugasse uma casa. Ficaria um tempo e, se gostasse de fato, poderia comprá-la. Se não gostasse, voltaria para Belo Horizonte. Antônio alugou uma boa casa, nas proximidades da praia, voltou a Belo Horizonte e mandou transferir todo o seu dinheiro para uma agência no Rio de Janeiro.

De volta ao hotel, foi informado de que seu irmão Sebastião o aguardava no saguão. Antônio não gostaria de conversar com Sebastião, pois ele iria querer explicações que ele não queria dar. Mas não teve jeito, pois o irmão viu quando ele chegou e foi ao seu encontro. Sebastião logo lhe falou: — Por onde você andou, Antônio? Estamos tendo muitos problemas na fazenda. Os credores e os empregados estão à espera do pagamento que você prometeu tão logo recebesse o dinheiro.

Antônio logo respondeu: — O deputado ficou encarregado de pagar a todos os credores, acertar com todos os empregados e com a família. Tão logo eu receba o dinheiro, repartirei conforme conversamos.

— Algo está errado, Antônio. O deputado disse que já lhe pagou e mostrou a escritura em que consta que ele receberia a fazenda livre e sem ônus, com todas as dívidas pagas.

Antônio gelou. Teria sido enganado pelo deputado e pelo gerente? Não podia ser, eles pareceram tão honestos. Antônio prometeu solucionar o caso, deu um pouco de dinheiro a Sebastião e o mandou para casa. Disse que iria ao banco verificar se o dinheiro estava disponível e que estaria na fazenda no dia seguinte para resolver todas as questões.

Saiu e foi direto ao banco procurar o gerente que o ajudara no negócio. Ele não estava, tinha entrado de férias e somente voltaria em trinta dias. Antônio procurou outro encarregado que pudesse ajudá-lo. Foi recebido por outro funcionário que lhe disse que nada havia registrado no banco, pois compra e venda de imóveis não faziam parte dos negócios do banco, e que ele poderia ter todas as informações com o tabelião. Antônio correu para o cartório. Lá, encontrou o tabelião que fez a escritura e lhe perguntou: — O senhor se lembra da venda da fazenda Rincão para o deputado Onofre Caldas?

— Claro que me lembro. Por que a pergunta?

— Eu gostaria de saber — disse Antônio — quem ficou responsável pelos pagamentos das dívidas da fazenda?

O tabelião buscou a cópia da escritura e leu em voz alta para Antônio.

— A fazenda é entregue livre e desembaraçada de quaisquer ônus ou gravames, ou seja, o senhor vendeu sem qualquer dívida, seja com fornecedores ou com empregados.

Antônio reagiu e disse que não fora esse o combinado e que era necessário mudar a escritura, pois ele tinha escrito errado.

— Senhor Antônio, eu escrevi o que me foi dito e li em voz alta na sua presença. Tudo aqui está correto, de acordo com a lei. Se houver alguma mudança, o senhor traga o deputado aqui e, na presença dos dois, faço as alterações que me forem solicitadas.

Antônio foi então procurar o deputado. Na Assembleia ele não estava. Voltou desesperado, sem saber o que fazer. No hotel, Kátia o esperava ansiosa.

— Aonde você se meteu, homem de Deus? Estou aqui há várias horas, sem notícias, esperando por você!

Antônio levou Kátia para o quarto e lhe contou o encontro com o irmão, as notícias da fazenda, a visita ao banco, ao cartório e à Assembleia e o erro da escritura, pela qual ele deveria pagar a todos os devedores.

Assim, disse ele, o dinheiro recebido não daria para viver. Era preciso achar o deputado e corrigir aquele erro.

Kátia foi mais prática e disse: — Para que se preocupar com isso agora? Vamos mudar para o Rio de Janeiro, já temos casa alugada. Deixe as dívidas que o deputado há de pagar e, se não o fizer, ele é quem será o devedor. Nem sua família nem os credores saberão onde estamos morando. Jamais seremos encontrados e vamos viver felizes para sempre.

Compraram as passagens para o dia seguinte, arrumaram as malas, não falaram nada com ninguém, sequer pagaram o hotel e saíram fugidos, deixando os problemas para trás, em busca do paraíso chamado Rio de Janeiro.

Sebastião e as irmãs foram expulsos da fazenda. Perderam todos os seus bens e tiveram que sair da cidade, pois não havia ambiente nem trabalho para eles ali. As meninas foram procurar o deputado amigo do Coronel, para oficializar as vagas de professora na escola estadual.

— Aquelas vagas — disse o deputado — já foram preenchidas por outras correligionárias. Vocês não se manifestaram a tempo e esses cargos são muito procurados. Agora vocês aguardem o ano que vem, quando reabrirão novas vagas.

Elas saíram desoladas e, sem alternativa, arrumaram emprego como domésticas em Belo Horizonte, trabalhando e morando na casa de seus respectivos patrões.

Sebastião conseguiu um emprego de vaqueiro na cidade vizinha, com um ex-empregado do Coronel, que tinha gratidão pela família e, num gesto de agradecimento, ofereceu o emprego e um rancho para ele morar e ali criar os filhos. Sua mulher trabalhava como empregada da casa.

Antônio chegou ao Rio, mudou-se com Kátia para a casa alugada e começou a desfrutar a vida. Nem lhe passava pela cabeça a situação em que vivia sua família.

Sua esposa alugou a casa e, como não tinha dinheiro, foi logo despejada pelo proprietário. Seus filhos, com quatorze e quinze anos, acompanharam o tio Sebastião e foram trabalhar na fazenda vizinha. Ela não conseguiu emprego nem moradia. Então, viajou para Belo Horizonte buscando encontrar Antônio e resolver a questão. Procurou-o no hotel Financial e não teve notícias do paradeiro do marido. Buscou outras possibilidades, e nada. Desesperada, sem dinheiro, sem local para dormir e sem ter o que comer, voltou para a rodoviária. Sentou-se em um banco e começou a chorar.

A noite já avançava, e ela ali sozinha e sem esperanças. Do nada, surgiu uma senhora, loura, com roupas bem alegres, uma bolsa grande, muito maquiada e lhe disse: — Por que você está chorando, minha filha?

Ela olhou assustada, mas sem forças para qualquer reação, colocou as mãos no rosto e abaixou-se ainda mais no banco. A senhora sentou-se ao seu lado e com uma voz delicada lhe perguntou: — Você já jantou?

Sem falar nenhuma palavra, ela simplesmente balançou a cabeça.

A senhora então lhe disse: — Venha, vamos comer alguma coisa, pois eu também não jantei.

Ela se levantou, acompanhou a senhora até uma lanchonete próxima, tomou um café com leite e comeu um pão com carne de porco cozida, com uma voracidade incomum.

As duas se sentaram em uma mesa e começaram a conversar. A esposa de Antônio contou toda a sua desgraça. A senhora ouviu calada, perguntou se ela tinha dinheiro e onde passar a noite. Com a resposta negativa, a senhora então falou: — Eu tenho uma casa aqui perto, na Avenida Pedro II, onde moram comigo várias moças que chegaram aqui na mesma situação em que você se encontra. Elas foram comigo para a minha casa e começaram a trabalhar. Assim elas têm casa, comida, trabalho e muita alegria. Você gostaria de ir para lá, dormir um pouco e se alimentar? E depois falaríamos do trabalho.

Ela foi. A despeito de ter dois filhos adolescentes, ela era uma mulher bonita e conservada. Teve os filhos muito nova e ainda não tinha completado trinta anos. Tinha o corpo esbelto, cabelos pretos e um rosto delicado. Um bom banho, roupas novas e um bom penteado fariam dela a sensação da casa. No início, ela reagiu com indignação, pois não aceitava trabalhar num bordel e vender o corpo. Mas a ameaça da fome a convenceu. Se ficasse ali por um curto período de tempo, poderia reencontrar Antônio e recomeçar a vida.

24

Cadim fez dezoitos anos. Tia Carmem fez uma boa festa, e todos os amigos do bairro foram. Ela mandou um recado para o avô Severo, convidando-o para a festa. Ele veio com a nova esposa, uma senhora de quase sessenta anos, muito simpática, que convidou Cadim a voltar para a fazenda, dizendo que lá havia muito trabalho e que sua ajuda seria de grande valia.

Dona Carmem entrou na conversa e disse: — Não, para aquela cidade Cadim não volta nunca. Esse era o desejo de Doralice, e ele será cumprido.

Mas Consolação não desistiu e continuou: — Cadim já tem dezoitos anos e ganha uma mesada do avô sem trabalhar. Seria bom ele voltar à fazenda e fazer jus a essa remuneração.

Cadim, que ouviu toda a conversa entre Consolação e dona Carmem, chamou o avô e disse para os dois, com voz altiva: — Cara senhora, não se esqueça de que eu sou o único filho da única filha do senhor Severo. Como a senhora não tem mais idade para ser mãe, toda a herança deixada por minha avó Doralice já é minha por direito de sucessão e, quando o meu avô falecer, que Deus não permita que seja breve, toda a propriedade será minha também. Então, a mesada que eu recebo, na verdade, não é um favor, mas um direito meu, que a senhora não há de interferir.

Virou-se para o avô e, no mesmo tom, disse: — O senhor não precisa me mandar nenhum dinheiro. A partir de hoje eu vou trabalhar e ganhar o meu sustento. Mas, lembre-se, eu não serei roubado novamente como fui pela minha outra família. Obrigado pela sua visita, mas acho que já é hora de o senhor partir e levar essa senhora embora daqui.

Abraçou-se com a tia Carmem, virou as costas e foi aproveitar a festa, que ele estava adorando.

Logo depois, Severo e Consolação saíram, mas antes Severo procurou o rapaz e lhe disse baixinho: — Meu querido, desculpe a Consolação, ela não falou por mal. E não se esqueça, todas as minhas posses serão suas. Eu já fiz um testamento e registrei no cartório. Tudo está em seu nome, não se preocupe. Quanto à mesada, vou continuar enviando, como sempre.

Cadim respondeu: — Não se preocupe, eu vou trabalhar. Começo a procurar emprego amanhã mesmo.

Dona Carmem estava orgulhosa de Cadim. Como ele havia mudado! Era o mesmo garoto sensível, delicado, mas reagiu à altura à grosseria da Consolação.

Na festa, ela ficou ainda mais animada quando viu Cadim dançando com uma garota que morava na vizinhança. Mas, preocupada, logo procurou saber quem era, a qual família pertencia, se seria uma moça boa ou uma sirigaita qualquer que queria apenas se aproveitar do garoto. Logo correu até seu filho Luís e lhe perguntou: — Você conhece aquela moça que está dançando com o Cadim? É moça de família? Estuda? De onde ela vem?

Luís riu e disse: — Mãe, não se preocupe. Primeiro, porque Cadim já sabe se cuidar e, segundo, porque a moça é de boa família, frequenta a igreja e é até "Filha de Maria". Ajuda o padre na missa, o pai é trabalhador e a mãe cuida da família. Fique tranquila.

Dona Carmem ficou mais aliviada, pois o padre jamais aceitaria uma moça qualquer na congregação das Filhas de Maria. Isso a deixava mais calma.

Mais tarde Cadim avisou à tia Carmem que iria levar a Solange em casa, a garota com quem ele dançou a noite toda, e que ela não esperasse por ele, pois depois ele sairia com os amigos para continuar a comemoração. Ela lhe fez várias recomendações como "não beba", "cuidado", essas coisas que qualquer mãe zelosa diria a um filho.

Ele saiu com Solange e, com muita dificuldade, conseguiu pegar na sua mão. Com outras amigas os acompanhando, chegou à casa dela. Seu pai já a esperava na porta, e Cadim, muito educado, informou que resolveu acompanhá-la, junto com as amigas, para que ela chegasse em segurança. O pai mandou que ela entrasse, resmungou qualquer coisa e também entrou em casa.

Na volta, alguns amigos o esperavam na praça e combinaram aonde iriam terminar a comemoração do amigo. Cada um deu uma ideia, mas venceu aquele que sugeriu irem a um bar no bairro de Lourdes. Era um lugar muito bem frequentado, onde vivia a flor da sociedade de Belo Horizonte. Lá havia bares onde as garotas mais bonitas da cidade iam se divertir e, quem sabe, encontrar um namorado.

Chegaram ao bairro de Lourdes, no coração de Belo Horizonte, e viram muitos bares cheios de pessoas bonitas. Ficaram um pouco preocupados, pois eram rapazes de bairros mais pobres e, assim, poderiam ser hostilizados. Mas a curiosidade de ver de perto aquelas garotas falou mais alto. Entraram num bar que mais parecia um armazém. Estava lotado, quase não tinha mesas disponíveis, mas encontraram uma vazia e se sentaram. O local era encantador, com uma decoração simples, mas muito criativa. Pediram refrigerantes, sanduíches, e um deles, mais animado, pediu uma cerveja.

As meninas passavam em frente de sua mesa, indo e vindo, como num *footing* da praça da igreja. Mas ninguém ousou fazer nenhum comentário. No entanto, Cadim percebeu que uma garota o olhava com mais insistência. Ele passou a observá-la com mais atenção, mas na mesa em que ela estava havia vários rapazes, que já estavam incomodados com o olhar da garota, mesmo não percebendo para quem ela estava olhando.

Cadim, então, pegou um guardanapo e uma caneta, fez um gesto de quem estava escrevendo, mostrou a ela, apontou o banheiro e simulou que jogava o papel na porta de entrada. Ela compreendeu, escreveu qualquer coisa, sem que seus amigos percebessem. Levantou-se, passou em frente à mesa de Cadim, entrou no banheiro e, antes de fechar a porta, apontou para ele e jogou um papel embolado na porta do banheiro masculino.

O coração de Cadim quase disparou. Ele imediatamente se levantou e se dirigiu ao banheiro. Abaixou-se, pegou o papel e entrou. Seu coração batia forte. Ele abriu o papel e leu o que estava escrito, com uma letra linda e muito certinha: "Meu nome é Lucy. Encontre-me amanhã às dezesseis horas aqui mesmo neste bar. Não falte".

Ele suava frio quando voltou à mesa. Não sabia se contava aos amigos ou se guardava segredo. Gravou bem o nome do bar, o endereço e foi para casa feliz da vida. Hoje, no dia do seu aniversário, ele levou uma garota em casa e recebeu um convite para se encontrar com outra. Que dia produtivo, pensou ele.

O dia seguinte chegou. Ele mal conseguia esperar a hora para ir se encontrar com Lucy. Ele não a observara direito, devido à forma como a "negociação" tinha ocorrido e ainda com os olhos dos amigos espreitando tudo o que ele havia tentado despistar ao máximo. Por isso, não gravara sua fisionomia. Mas sabia que ela era bonita e que ele a reconheceria quando a visse no bar.

Um pouco antes das dezesseis horas, Cadim já estava no bar, sentado na mesma mesa da noite anterior, esperando por Lucy. Ela chegou com um atraso de uns quinze minutos. Estava muito bonita, com uma roupa de estudante, saia plissada azul-marinho e uma blusa branca com rendas na gola. Ele a convidou para sentar, mas ela disse que não e sugeriu darem uma volta, pois não tinha muito tempo para ficar lá. "Dei uma pequena fugida da escola para conversar com você", acrescentou. Eles conversaram um pouco e combinaram de voltar a se ver no próximo fim de semana. Cadim argumentou que gostaria de ir a casa dela, falar com o pai e pedir-lhe licença para o namoro. Ela achou prematuro e pediu-lhe paciência. Marcaram de ir ao cinema no próximo sábado, e ela se foi.

Cadim voltou ao bar, que estava ainda vazio, pediu um Mate Couro, começou a conversar com o dono do bar, perguntou sobre o movimento e sobre as pessoas que frequentavam o local. Nesse momento chegou um carregamento de cerveja, justo na hora em que os fregueses também começavam a chegar. O dono ficou em situação difícil, sem saber como atender às duas situações simultaneamente. Cadim, percebendo o que acontecia, ofereceu seus préstimos. O sr. José, dono do bar, agradeceu e pediu a ele que recebesse a cerveja, mostrou-lhe onde descarregar, como conferir a nota e foi atender sua clientela.

Terminado o serviço, o senhor José perguntou-lhe onde ele trabalhava, pois ele tinha sido muito prestativo e correto no serviço. Cadim então lhe disse que ainda não trabalhava e que estava procurando um emprego, mas não tinha experiência em nenhuma função.

O dono do bar então disse: — Este bar aqui é da minha família. Quando cheguei, o nome era Armazém do Tio José, mas hoje todos o chamam de Tizé. Eu tenho sentido falta de um ajudante, que seja educado e possa servir as mesas e o balcão. Você me pareceu um bom rapaz. Quem sabe esse emprego não lhe interessa?

Cadim achou o máximo: no primeiro dia que ele prometera trabalhar, já tinha arranjado um emprego.

Mas Tizé fez uma observação: — Antes de aceitar, pense bem, pois pode ser que aquela menina que você veio ver hoje não queira mais ir ao cinema com você, já que você agora é um funcionário do bar e não um freguês. Aqui no bairro isso faz muita diferença.

Cadim respondeu: — Eu preciso mais de trabalhar do que de namorar. Se ela não me aceitar trabalhando, ela não serve para mim.

— Então você começa amanhã — falou Tizé. Venha mais cedo para que eu lhe ensine o serviço.

Cadim chegou em casa muito alegre. Correu para contar a tia Carmem a grande novidade: ele iria começar a trabalhar num armazém que também era bar.

25

Antônio estava adorando a vida no Rio de Janeiro. Acordava cedo, ia caminhar no calçadão de Copacabana com Kátia, vestida com um short muito curto, mostrando as belas pernas que ele adorava. Ele ficava orgulhoso de ver a rapaziada da praia olhar e, muitas vezes, assobiar para ela. Ele se sentia o máximo: vocês olham, babam e eu aproveito. Ela é minha, pensava ele. Depois da caminhada, um banho de mar. Ele se assustava com as ondas mais fortes, mas gostava de entrar na água e brincar com as ondas que quebravam na areia.

Eles passavam os dias curtindo a vida e fazendo compras, mas o passeio preferido de Antônio era ir ao banco e ver seu saldo. Quase sempre o gerente o convidava para um café. Isso o deixava feliz, pois se sentia importante. O próprio gerente o convidava para sentar e conversar sobre investimentos e novas opções de aplicações financeiras. Quem entendia bem das contas era Kátia, ela decidia em que aplicar o dinheiro e como usá-lo.

À noite, Antônio gostava de assistir televisão. As novelas eram sua atração favorita, mas Kátia não queria ficar em casa. Ela gostava da vida noturna, de ir a boates, restaurantes, ver peças de teatro, musicais e shows de seus cantores favoritos. Antônio, sem alternativa, acabava concordando e acompanhando Kátia em seus programas. Ele não gostava, porém evitava falar com ela, com medo de aborrecê-la, ou pior, de ela querer ir sozinha, o que ele não permitiria.

Certo dia, Kátia resolveu ir ao banco para conversar com o gerente sobre os rendimentos de suas aplicações. Antônio preferiu a caminhada e deixou que ela fosse sozinha. No banco, ela procurou o gerente, e quando ele a viu, logo foi atendê-la.

— Que prazer em recebê-la, dona Kátia — disse o gerente. Hoje a senhora não foi caminhar?

— Não — disse ela. Eu preciso conversar com você sobre umas operações que eu estou querendo fazer, mas o Antônio não está entendendo bem. Por isso vim lhe procurar.

— Claro, às suas ordens.

— Eu preciso separar as aplicações em duas contas, pois eu gostaria de aplicar meus recursos em operações um pouco mais agressivas, com possibilidades de maiores rendimentos, e Antônio é mais conservador e não gosta de arriscar. Como posso fazer isso?

O gerente estranhou a pergunta, pois, na realidade, ela estava propondo abrir outra conta, sem o conhecimento do marido, mas com parte dos recursos dele. Ela continuou: — Claro que tudo ficaria aplicado aqui, com a sua supervisão, e constaria do extrato, do qual meu marido teria conhecimento.

— Posso fazer tudo que a senhora quiser, com o conhecimento dele ou não, basta que cheguemos a um acordo, nós dois.

— Que tipo de acordo?

— Segredo é uma coisa que gera compromissos entre as duas partes. Eu tenho condições de drenar parte dos recursos da conta de seu marido para você, sem que ele perceba, e isso virá a ser mais um segredo nosso.

— Mais um segredo? Que outros segredos nós poderíamos ter?

O gerente olhou bem nos seus olhos e disse: — Uma mulher linda e atraente como você pode ter tudo o que desejar se tiver um bom aliado, que saiba protegê-la. Para isso, será necessário que você tenha por esse protetor o mesmo carinho e atenção que ele terá por você.

— Este assunto está me interessando, por favor, explique melhor sua proposta.

— Querida Kátia, somos homem e mulher, gostamos da mesma coisa. Vamos nos encontrar fora daqui, para um drinque, uma musiquinha e, assim, nesse ambiente mais intimista, acertaremos todos os detalhes de que você precisa. Sem ninguém por perto para ouvir nossa conversa, nem saber de suas intenções.

Marcaram para o dia seguinte no fim da tarde, num bar na Avenida Atlântica que ela conhecia bem. Chegou em casa e começou a pensar em uma desculpa para sair sem a companhia de Antônio.

Ele a beijou e perguntou pelas aplicações do banco. Ela lhe mostrou os extratos e disse que a remuneração era baixa e que eles precisavam aplicar seus recursos em papéis mais rentáveis. Aproveitou e disse que estava sentindo uma dor no joelho e tinha marcado uma médica no dia seguinte às dezessete horas. Antônio ponderou que àquela hora ele tinha um jogo de futebol na praia e não poderia acompanhá-la. Ela entendeu e disse que iria sozinha, pois era bem pertinho dali e, quando ele voltasse do futebol, ela já estaria em casa.

No dia seguinte, Antônio preparou seu material para o jogo de futebol, despediu-se de Kátia e foi para a praia. Kátia se arrumou, colocou uma roupa bem decotada e provocativa e saiu em direção ao encontro com o gerente do banco. Ele já esperava por ela. Levantou-se, beijou sua mão e puxou a cadeira para que ela se sentasse. Ela adorou o cavalheirismo dele. Ela pediu um dry martini e ele a acompanhou.

— Você ficou de me explicar como abrir essa outra conta e como faríamos para transferir parte do dinheiro, sem que ele tomasse conhecimento do fato.

— Eu tenho tudo esquematizado aqui comigo, mas gostaria de saber até onde você está disposta a chegar para ter seus desejos atendidos?

— Até onde você quiser. Ponha suas condições — disse ela.

O gerente se entusiasmou e disse: — Eu sonho com você toda noite e meu maior desejo é ter você, toda minha, me amando e sendo amada.

Kátia sorriu e respondeu: — Eu também penso muito em você e o desejo. Esse preço é muito barato. Quando você quer sair comigo?

— Agora — disse ele —, aqui bem perto tem um motel, e nós podemos ir lá.

Ela se levantou e disse: — Vamos?

Eles quase perderam a hora, se amaram como nunca. Ela ficou feliz, pois já estava cansada do seu parceiro e nem sentia mais prazer na relação com ele. Porém hoje fora diferente, ela sentiu uma alegria que há muito não sentia. Assustou-se quando viu a hora. Arrumou-se depressa e voltou para casa. Antes, combinou com o gerente para que no dia seguinte mesmo ele começasse a fazer as transferências.

Assim começou a drenagem dos recursos de Antônio. Ele cada vez menos entendia o que estava acontecendo, mas Kátia sempre o tranquilizava, dizendo que eles estavam em boas mãos, que o gerente era muito competente e sabia o que fazia. Ela cada vez mais encontrava desculpas para sair sozinha de casa, quase sempre para encontrar com o gerente do banco, um amante insaciável. Ela estava amando a situação.

Certo dia, ela caminhava pela avenida e sentiu sede. Viu um pequeno bar, sentou-se numa mesa na calçada e esperou ser atendida. Logo apareceu um rapaz alto, muito bonito, que aparentava uns 20 ou 21 anos e que tinha um sotaque mineiro. Ela pediu um suco de frutas e resolveu puxar conversa com o garoto. Perguntou seu nome, sua origem e como ele havia chegado ao Rio de Janeiro. Ela, de fato, interessou-se pelo rapaz.

— Eu me chamo Cadim. Na realidade meu nome é Leocádio Neto, mas todos me chamam de Cadim. Sou mineiro e trabalhava em Belo Horizonte, num bar chamado Tizé. Vim para o Rio atrás de um sonho, mas agora estou aqui lutando por outro sonho.

Kátia conhecia o bar em que ele trabalhava, mas resolveu não comentar, pois sabia que qualquer dica poderia desencadear uma busca por Antônio, e ela ainda não estava pronta.

— Há quanto tempo você está aqui, Cadim?

E assim continuaram a conversa. Quando outro cliente o chamava, ele pedia desculpas, saía, atendia o pedido e voltava para conversar com aquela mulher bonita e misteriosa. Ela se foi, mas voltou outras vezes, cada dia mais interessada no jovem Cadim.

26

O primeiro dia de trabalho no Tizé foi muito legal, Cadim se divertiu. Atendia as mesas, levava uma cerveja gelada, oferecia um tira-gosto, tudo para agradar a clientela. Eram muitas mesas, todas cheias de gente bonita. Ele ia e vinha deslizando entre elas, transbordando de felicidade. Quando um cliente ia embora e ele apresentava a conta, fazia questão de agradecer a visita e o convidava para voltar. Isso quase sempre lhe rendia uma boa gorjeta. Para as moças bonitas que frequentavam o bar, ele sempre tinha um sorriso diferente, mas muito respeitoso.

No primeiro sábado em que ele trabalhou, Lucy apareceu e tomou um susto quando viu Cadim atendendo as mesas. Como ela estava numa mesa com outras moças e rapazes, ele não disse nada a ela. Atendeu naturalmente, mas ficou curioso para saber a reação dela. Não demorou, ela foi ao banheiro e, na saída, chamou-o e disse baixinho: — Vou ter que desmarcar nosso encontro, pois eu tenho um compromisso na escola no mesmo dia. Como você trabalha aqui, ficará fácil remarcarmos, tudo bem?

Ele logo compreendeu que o Tizé tinha razão. Ela não gostaria de namorar o garçom do bar que suas amigas e amigos frequentavam. Compreendeu, deu um sorriso para ela e se despediu.

Isso não tirou sua alegria de trabalhar ali, pois, no final do dia, ele tinha ganhado uma boa quantia como gorjeta e agora, sim, poderia viver sem a ajuda de seu avô.

Em muito pouco tempo ele estava completamente adaptado ao trabalho e já começava ajudar o senhor Tizé em outras atividades. Chegava mais cedo do que todos os outros empregados da casa. Ajudava nas compras, fazia a reposição do estoque e ajudava na limpeza: ele era um faz-tudo na casa. Claro que Tizé estava muito satisfeito com ele, além do que ele tinha por Cadim uma afeição especial, o considerava como um filho.

Tratava-se de um bar muito conhecido. Sempre que artistas do Rio ou de São Paulo vinham se apresentar em Belo Horizonte, no final das apresentações, eles normalmente iam relaxar no bar do Tizé. Assim, Cadim ficou conhecendo muitos artistas famosos, cantores e jogadores de futebol. Todos os que visitavam o bar eram atendidos com a máxima atenção. Cadim sempre pedia um autógrafo e, se fosse possível, conversava com essas pessoas famosas. Ele adorava. Chegava em casa e contava para a tia Carmem, mostrando o autógrafo. Tia Carmem estava muito orgulhosa. Ele agora ajudava em casa com o suor do seu rosto, mas o melhor de tudo é que ele estava muito feliz. Dona Carmem lembrou-se de Doralice e imaginou o orgulho que ela sentiria ao ver Cadim tão feliz e realizado.

Num determinado sábado, bem tarde, quando os últimos clientes se preparavam para ir embora e o bar se preparava para fechar, Tizé recebeu um telefonema do teatro do Palácio das Artes. Havia um grupo de músicos e bailarinas que desejava comemorar o final da temporada em Belo Horizonte, mas só agora estava liberado. Os artistas queriam saber se o bar poderia esperá-los aberto. Eram mais de vinte pessoas e chegariam em minutos.

— Claro — respondeu Tizé —, não se pode perder uma clientela tão distinta.

Correu na cozinha e segurou o cozinheiro e sua ajudante. Alguns garçons já haviam saído, mas Cadim ainda estava arrumando as mesas para fechar. Tizé lhe disse: — Vamos preparar uma mesa para vinte pessoas que já vão chegar.

— A esta hora? — perguntou Cadim.

— O bar do Tizé não tem hora para fechar. Fica aberto até o último cliente.

Pouco tempo depois, parou um ônibus na porta do bar e começou a descer gente, todos muito alegres: gente bonita, conversando e cantando. Sentaram-se e começaram a fazer os pedidos. Eles estavam com sede e fome, pois seus copos não ficavam vazios. Cadim corria de um lado para outro, fazendo todo o esforço para atender bem àquela turma animada.

Passado aquele início frenético de atendimento, todos se acalmaram. Cadim começou a observar cada um deles, principalmente as bailarinas, todas muito lindas, mas uma em especial lhe chamou a atenção: seus cabelos eram louros, muito lisos, e balançavam a cada movimento de seu rosto; os olhos eram verdes como uma esmeralda; sua pele, lisa e sedosa; sua boca, uma tentação, com aquele batom vermelho, que fazia um contraste com o bronzeado do rosto e transformava aquela mulher numa deusa. Cadim ficou boquiaberto com tanta beleza e sem querer encarou aquela mulher de forma muito incisiva, mais do que deveria, e ela notou. Cadim ficou preocupado, quando ela o chamou.

— Venha aqui, rapaz, vamos conversar um pouco. Como você se chama?

Ele, meio que gaguejando, respondeu: — Cadim. A senhora me desculpe, eu não quis ofendê-la.

— Que ofensa, Cadim? Venha até aqui, vamos conversar. Sente-se aqui ao meu lado.

Ele estava deslumbrado com a simpatia daquela mulher. Ela conversou sobre tudo. Quis saber a história dele, deu um pequeno beijo em seu rosto e deixou a marca do batom. Perguntou se ele tinha assistido ao show do grupo. Ele respondeu que o trabalho ali no bar não permitia que ele saísse à noite para se divertir. Ela riu, brincou com ele e disse: — Vá ao Rio de Janeiro, nós fazemos espetáculos lá sempre. Na semana que vem mesmo vamos começar uma temporada. Promete que vai me ver? Eu quero dançar só para você ver. Promete que vai?

Cadim estava em delírio. Aquela linda mulher o convidando para ir ao Rio de Janeiro, para que ela pudesse dançar só para ele! Era demais! Pensou e disse:

— Como eu vou lhe encontrar no Rio?

— Não tem problema. Você vai à minha casa, vou lhe dar o endereço.

Pegou um cartão, escreveu o endereço, deu um beijo deixando a marca do seu batom, estendeu-lhe o cartão e disse: — O endereço da minha casa está escrito neste papel. Encontre-se comigo lá, eu lhe dou o ingresso e você vai me ver dançar. Como eu disse, vou dançar só para você.

Ele leu o cartão e estava escrito, logo abaixo do endereço: "Não se esqueça, meu nome é Lorraine".

Cadim não sabia o que pensar, seu coração batia forte, sua pulsação estava acelerada, ele suava frio. Lorraine era a mulher mais linda que ele já vira em toda a sua vida, e ela lhe dera seu endereço e mandou que ele fosse procurá-la em casa para que ela dançasse só para ele. Teria ela se apaixonado por ele, assim como ele se apaixonara por ela? O que devia fazer ou falar? Ele tremia. Não fez, nem disse nada.

A turma terminou a comemoração, todos entraram no ônibus e partiram. Na despedida, Lorraine deu outro beijo em Cadim. Ele teve vontade de segurá-la, não permitir que ela fosse embora.

Ficaria com ela para sempre. O ônibus se afastou, e ele, plantado na porta, não queria acreditar que ela estava partindo e levando o seu coração. Pela primeira vez na vida Cadim se embriagou.

O dia já estava amanhecendo quando Tizé levou Cadim para casa. Bateu na porta e dona Carmem logo abriu. Ficou chocada com o estado do seu filho adotivo tão querido. Ela nunca tinha visto aquele menino num estado tão deplorável. Agradeceu ao Tizé por tê-lo levado para casa. Deu em Cadim um banho bem frio, fez um café muito forte e mandou que ele bebesse. Depois o colocou na cama. Ele olhava para o teto e não compreendia como ele rodava sem parar. Seu estômago doía e o incomodava bastante. E sua boca tinha um gosto amargo. Ele dormiu, vomitou, levantou-se, tornou a deitar, vomitou de novo e desmaiou.

Quando acordou já eram quatro horas da tarde, horário em que ele deveria ir trabalhar, mas seu corpo não lhe obedecia. Tomou outro banho, melhorou um pouco, bebeu muita água e jurou nunca mais beber na sua vida. Voltou a dormir e só acordou no dia seguinte. Com muita fome e uma decisão tomada.

Sentou-se para tomar o café da manhã: comeu pão com queijo, pão de queijo, rosquinha e bebeu café com leite. Chamou a tia Carmem e falou: — Vou me mudar para o Rio de Janeiro!

Dona Carmem se assustou.

— O que houve, meu filho? Que decisão maluca é essa? Você estava feliz no trabalho, lá todos gostam de você. Aqui em casa você tem de tudo que deseja, e na vizinhança seus amigos o admiram muito. Por que mudar para tão longe?

— Tia Carmem, a noite passada eu conheci a mulher da minha vida. Apaixonei-me por ela, e ela por mim.

Ele contou em detalhes o encontro com Lorraine e mostrou-lhe o cartão. Então continuou: — Ela mora no Rio de Janeiro, mas me deu o endereço e pediu que eu a procurasse. Vou atrás daquela mulher. Não viverei mais nem um dia longe dela.

— Meu filho, a vida não é assim — disse D. Carmem. Você mal conheceu a moça, sabe apenas seu nome e endereço e vai largar tudo e todos para ir atrás de uma aventura? Você sequer sabe se ela quer mesmo você ou se aquilo foi apenas uma brincadeira.

— Brincadeira nenhuma. Eu vi o amor nos olhos dela. Ninguém chama uma pessoa e diz que vai dançar só para ela de brincadeira. Aquilo é amor. E eu vou à procura da minha felicidade. Vou falar com o Tizé, pedir minhas contas, vou ao banco buscar o dinheiro que meu avô tem mandado para mim e, que não usei, e vou para o Rio de Janeiro.

Seguiu em direção ao Bar Tizé, encontrou-se com ele, contou a mesma história que havia contado para dona Carmem e ouviu a mesma resposta: — Cadim, você é um menino novo, não conhece nada da vida. Não se meta com esse tipo de pessoa. Ela de fato é muito bonita, mas não é para o seu bico.

— Veja o cartão, Tizé, que ela escreveu para mim. Ela me chama para a casa dela. Eu tenho que ir procurá-la, não aguento mais pensar que posso perdê-la.

— Cadim — insistiu Tizé —, perder o quê? Você nunca a teve. Esfrie a cabeça, pense um pouco mais, essa aventura pode ser muito dolorosa para você. Imagine se você larga tudo aqui, chega ao Rio e não a encontra? Ou se você a encontrar e ela nem se lembrar de você? O que você fará? Vai enfiar a viola no saco e voltar para Belo Horizonte?

— Não, Tizé, vou encontrá-la, a pedirei em casamento e seremos muito felizes. Minha decisão está tomada. Vou amanhã para o Rio de Janeiro encontrar o meu amor.

Tizé acertou as contas com ele, deu-lhe uma boa gratificação, desejou-lhe sorte e terminou dizendo que, se voltasse, as portas estariam sempre abertas para ele.

No dia seguinte, Cadim comprou uma passagem e pegou o trem Vera Cruz com destino ao Rio de Janeiro. Luís e dona Carmem o levaram até a Praça da Estação, aonde ele embarcaria para o seu destino. Ali, na despedida, dona Carmem tentou convencê-lo a desistir, mas ele estava firme e resoluto. Beijou seu rosto, deu-lhe um grande abraço e se despediu, embarcando no trem rumo à Cidade Maravilhosa.

A viagem foi emocionante. Ele, muito eufórico, com a adrenalina nas alturas, imaginando como seria o encontro com Lorraine, não dormiu nem comeu nada a viagem inteira. Conversava com os demais passageiros, contava casos, ria... estava transbordando de felicidade.

Pela manhã, o trem estacionou na Central do Brasil. Cadim, um pouco cansado, logo descobriu como chegar à casa de Lorraine. Ele faria uma surpresa a ela. Chegando lá, esperava ele, ela o convidaria para um café, quem sabe até para tomar um banho. Depois eles almoçariam e, à noite, ela dançaria só para ele. No final, ele a pediria em casamento. Ele trabalharia em algum bar da cidade e viveria ao lado dela para todo o sempre. O plano estava perfeito.

Desceu do ônibus e procurou o número do prédio. Ela morava bem em frente ao mar, na praia de Copacabana. Ele ficou tentado a ir à praia para conhecer o mar, mas desistiu. Para isso, ele teria tempo, pois pretendia morar ali. Entrou pela porta do prédio, subiu as escadas até o andar que constava no cartão e viu o número do apartamento na porta. Ficou inseguro antes de bater, mas ele já chegara até ali, não haveria como desistir, nada havia a temer. Confiante, bateu na porta. Esperou um tempo e tornou a bater. Ouviu passos dentro da casa, a porta se movimentou e, quando abriu, lá estava ela, de pijama, com o cabelo ainda em desalinho, mas, mesmo assim, linda.

Ela perguntou: — Pois não. O que o senhor deseja?

Cadim não esperava essa pergunta, talvez ela não tivesse acordado direito e, assim, não o reconheceu.

— Sou eu, o Cadim, de Belo Horizonte.

Ela respondeu: — Quem? O que o senhor deseja a esta hora, aqui, na minha porta?

Ele mostrou o cartão.

— A senhora me deu esse cartão e disse para procurá-la. Eu vim de Belo Horizonte, lá do bar Tizé, a senhora está lembrada?

— Ora, meu rapaz, isso faz parte do nosso show. Você não deveria ter vindo.

Neste instante, Cadim ia falar do seu amor, quando um homem, também de pijamas, chegou atrás dela e perguntou: — O que está acontecendo aqui, meu amor?

— Nada, este rapaz errou de endereço e bateu na nossa porta. Volte para a cama, que eu já vou.

Olhando para o Cadim, disse: — Você entendeu tudo errado. Volte para a sua terra e esqueça esse incidente. Bom dia.

E fechou a porta.

Cadim desceu as escadas correndo, como quem fugia de si próprio. Não sabia o que fazer, nem para onde ir. Na rua sentou-se num banco e começou a chorar. Lembrou-se das palavras de tia Carmem e dos conselhos do Tizé. Estava derrotado! Seu amor durou poucos dias e nunca fora correspondido. Como ele foi idiota! Como acreditou naquele sonho e não ouviu a voz da razão! O que fazer agora? Voltar para Belo Horizonte? Isso nunca! Não conseguiria encarar seus amigos, que tanto insistiram para que ele não viesse para o Rio de Janeiro. Mas o que fazer? Ele não conhecia nada, nem ninguém naquela cidade. Tinha algum dinheiro, mas com certeza não seria suficiente para sobreviver ali por muito tempo. Pedir dinheiro para o avô? Não, ele não faria isso.

Ainda era cedo, mas ele estava com fome. A tristeza que invadia sua alma o fez levantar e caminhar pela calçada. O que fazer? Passou por vários bares, mas a maioria ainda estava fechada. Parou numa padaria, pediu um café com pão e manteiga e comeu sem sequer sentir o gosto. Isso lhe deu forças, e ele continuou a caminhada, pensando em como resolver a situação.

Um pouco à frente, uma placa lhe chamou a atenção. Parecia um bar com a porta parcialmente levantada, e a placa dizia: "precisa-se de ajudante". Cadim se aproximou, abaixou-se e viu um senhor limpando o interior do bar. Ele entrou e falou: — O senhor é que está precisando de um ajudante?

O homem virou-se para a porta e deparou-se com Cadim. Olhou bem para ele e perguntou: — É para você mesmo o emprego?

Cadim confirmou, e o homem continuou: — Você já trabalhou em um bar?

— Trabalhei sim, em Belo Horizonte, de onde venho.

— Onde você mora, meu rapaz?

— Eu cheguei hoje e ainda não tenho onde morar — respondeu.

O homem fez muitas outras perguntas, e as respostas de Cadim eram satisfatórias, então resolveu contratá-lo.

Cadim então perguntou se no bar não havia um lugar que ele pudesse dormir, até que encontrasse um local definitivo. O dono do bar pensou um pouco e disse: — Lá em cima, onde os empregados trocam a roupa, tem um pequeno colchão. Você pode dormir lá por uns dias.

Deu-lhe a vassoura e mandou que ele continuasse a limpeza.

Como sempre, Cadim surpreendeu o dono do bar. Era um funcionário exemplar, trabalhava bem, era correto e muito atencioso com os fregueses. Em pouco tempo, passou a dividir um quarto com um colega de trabalho e se mudou do bar.

Numa tarde de domingo, ele estava na porta do bar, esperando a clientela, quando viu Lorraine passeando com o seu cachorro pelo calçadão da praia. Seu coração quase parou. Ele entrou no estabelecimento, com medo de ser reconhecido por ela. Mas não, ela passou linda olhando para frente, sem notar os olhares que a acompanhavam, inclusive o de Cadim. Com o tempo, ele notou que ela passeava sempre por ali. Teve vontade de procurá-la e conversar com ela. Não teve coragem. Com a vergonha que ele passou... Não faria uma nova investida: ele não suportaria nova decepção.

27

Há alguns dias, uma cliente vinha passando à tarde no bar onde Cadim trabalhava, pedia um suco de frutas, e puxava conversa com ele, querendo saber coisas a seu respeito. Ela era bonita, tinha um belo corpo, mas ele não se atrevia a avançar o sinal. Sabia que estava trabalhando e não podia dar margem a interpretações erradas sobre seu comportamento com as clientes.

Mas ele gostava de conversar com ela, pois sentia que ela também gostava de estar ali. Mas como "gato escaldado tem medo de água fria", ele não se permitia avaliar o que ela queria ou pensava.

Um belo dia, ela lhe perguntou quando ele teria um horário livre, pois ela gostaria de se encontrar com ele fora do seu horário de trabalho. Ele informou quando estaria livre, e eles marcaram um encontro no pátio da igreja, perto dali.

Na hora combinada ele estava lá. Em seguida, ela também chegou, muito bem vestida. Ele, claro, com roupas bem simples. Ficou envergonhado e se desculpou pelos trajes que estava usando. Contou rapidamente a história da viagem para o Rio e a pouca roupa que trouxera.

Ela conversou muito com ele e sugeriu que eles fossem até uma loja masculina para que ela pudesse comprar umas roupas para ele. Ele agradeceu, disse que não poderia aceitar presentes dela e prometeu que ele mesmo compraria roupas novas com seu próximo pagamento. Kátia sugeriu a ele que fossem a um motel que ela conhecia, bem perto dali. Ele não resistiu ao convite. Sentia muita atração por ela e já estava há um bom tempo no Rio sem nenhum contato físico com uma mulher.

Kátia era uma mulher extraordinária na cama. Sabia agradar a um homem. Na primeira vez que eles se encontraram, ele não tinha conseguido se controlar e ejaculou muito rapidamente, sendo logo repreendido por ela. Então, ela começou a lhe ensinar como agradar uma mulher. Ensinou-lhe o valor das preliminares e como acariciá-la nos pontos mais sensíveis. Mostrou-lhe como a boca poderia ser usada para levá-la ao prazer e, na penetração, ensinou-lhe a administrar seu tempo, para ajustar ao da mulher. Depois dessa experiência, ele se sentiu um super-homem: sabia como agradar a uma mulher. Isso poderia lhe dar muitos frutos no futuro.

Cadim foi se aperfeiçoando a cada encontro. Kátia começou a levar alguns presentinhos para ele, que, a princípio, não queria recebê-los. Com o tempo, ela conseguiu convencê-lo, e ele passou a se vestir bem, com roupas de grife, calças e camisas de última moda. Cadim passou a contar os dias para o próximo encontro com Kátia. Mas ela era uma mulher misteriosa, sumia de vez em quando, sem dar notícias e depois voltava. Ele não sabia nada sobre ela, só conhecia seu corpo. Curioso com essa situação, Cadim resolveu segui-la de longe para tentar descobrir algo sobre aquele mistério.

Em uma determinada tarde, quando saíram do motel, ela se despediu e o deixou para trás, seguindo em frente. Ele a seguiu. Notou que ela dera voltas no quarteirão e, depois de andar um bom tempo atrás dela, viu-a chegar a uma casa. Ele notou um homem no portão esperando por ela e teve a impressão de que o conhecia. Aproximou-se mais e os viu tendo uma pequena discussão. Tentou recordar com quem se parecia aquele homem, mas não se lembrou. Kátia entrou na casa. Ele voltou preocupado: ela era casada.

No dia seguinte, Antônio acordou tarde, olhou para o lado e não viu Kátia. Levantou-se, foi até a cozinha e não havia nenhum movimento, não tinha café pronto, nem nada para comer. Procurou pela casa e não viu nenhum vestígio de Kátia. Olhou os armários e não viu nenhuma roupa pendurada, nem nas gavetas. Achou estranho, mas foi interrompido por uma batida na porta. Pensou que Kátia tinha esquecido a chave de casa.

Abriu a porta e lá estava o senhorio.

— Senhor Antônio, eu vim receber os aluguéis atrasados, conforme combinei com a dona Kátia.

— Aluguel atrasado? — perguntou Antônio, indignado. Nós pagamos esse aluguel religiosamente todo mês! Que história é essa de atrasado?

— Desculpe-me, senhor Antônio, mas eu tenho esperado por mais de três meses que o senhor coloque em dia suas obrigações e não tenho tido nenhuma resposta. Ontem dona Kátia foi até minha casa e pediu que eu viesse aqui hoje, pois o senhor iria me pagar. Por isso estou aqui.

Antônio estava confuso. Na realidade era Kátia quem resolvia essas coisas, e ela não estava em casa. Ele não tinha uma resposta segura para dar ao senhorio. Então disse: — Minha mulher saiu, e ela tem todos os recibos para lhe mostrar. Quando ela chegar eu vou até sua casa e resolvo tudo.

— Desculpe-me de novo, mas ela disse que iria viajar e só voltaria em quinze dias. Eu não posso esperar tanto tempo. Volto aqui amanhã. Se o senhor não pagar, vou pedir o seu despejo.

— Não se preocupe, eu vou ao banco agora cedo, tiro o dinheiro necessário e amanhã lhe pago.

O senhorio foi embora preocupado.

Antônio vestiu uma roupa, tomou um café rápido, que ele, mesmo fez, e saiu. Foi em direção ao banco, pensando no que estaria acontecendo. A viagem de Kátia, o pagamento atrasado... Tinha alguma coisa errada. Chegou ao banco e procurou o gerente, que sempre o recebia de braços abertos, mas ele não estava. Foi então orientado a procurar um caixa para sacar o dinheiro que precisava. Ele não sabia o número da conta. O caixa, muito atencioso, buscou as informações e acabou achando seus dados.

— Pronto, senhor, encontrei sua conta.

Antônio suspirou aliviado.

— Bem, eu quero sacar uma quantia para pagar o aluguel.

O caixa olhou para o saldo, olhou para Antônio e disse: — Sua conta tem saldo zero, senhor, não há o que sacar.

Antônio não acreditou, gritou com o caixa, chamou-o de incompetente e mandou que ele olhasse direito. Sua gritaria chamou a atenção do gerente, que voltara, e do segurança, que logo foram até o caixa. O gerente, no mesmo tom de Antônio, disse: — Não grite aqui dentro, senhor. O que esta acontecendo?

Antônio, aliviado por ver um rosto conhecido, acalmou-se e falou mais baixo: — Eu quero sacar um dinheiro, e o caixa não consegue achar meu saldo. É isso que está acontecendo. O senhor pode fazer o favor de me dar o meu dinheiro?

O gerente olhou para o saldo da conta. Ele sabia o que tinha acontecido, mas não deveria falar. disse apenas o mínimo necessário para Antônio compreender o problema em que ele estava metido.

— Sua conta, senhor Antônio, está com saldo zero. Sua esposa sacou todo o dinheiro ontem para viajar.

Antônio não acreditou. Ficou desesperado, não tinha dinheiro, não tinha mulher, não tinha casa, não sabia o que fazer. O gerente então o chamou numa sala reservada e sugeriu uma saída transitória para aquela situação.

— Senhor Antônio, parece que o senhor foi enganado. Por ser você muito boa pessoa e estar numa situação muito difícil, eu vou lhe ajudar. Eu tenho um conhecido que também está numa situação muito difícil, mas por outro motivo. Ele chegou em casa e encontrou a mulher com outro homem na sua cama. Ele retirou todos os seus pertences de casa e não tem onde guardá-los. Ele precisa de lugar para guardar suas malas e caixas. Ele pode pagar, pois é bem de vida, mas não quer que a mulher dele saiba onde ele deixou suas coisas, por isso tem de ser uma casa desconhecida, e que fique em sigilo.

E continuou: — Eu pensei que vocês poderiam se ajudar mutuamente: o senhor empresta sua casa para ele guardar as coisas; ele paga o aluguel e lhe dá um dinheiro para as suas despesas. Assim, o senhor se mantém até que sua esposa volte e as coisas se ajeitem. A única exigência dele é que ninguém saiba o lugar em que as malas e caixas estão. E esse é um segredo fácil de guardar, já que nem ele vai ficar na casa. Eu sei que sua casa é grande e tem um quarto sobrando.

Antônio ouviu aquilo e lhe pareceu a melhor notícia do dia. Aliás, ele não tinha outra saída. Caso não aceitasse essa oferta, nem almoço teria naquele dia. Então concordou. O gerente lhe deu o nome de um bar ali perto e disse que ele esperasse lá alguns instantes, que um homem iria procurá-lo pelo nome.

Antônio chegou ao bar, na calçada da praia, reconheceu o nome e sentou-se em uma mesa. O garçom aproximou-se, ele pediu um café e ficou aguardando o homem que deveria chegar com a solução dos seus problemas. Ele já esperava há horas. Se o homem não aparecesse, não teria dinheiro nem para pagar o café.

Cadim caminhava para o seu trabalho, quando reparou um homem sentado num bar. Ele logo reconheceu como sendo o homem que estava esperando Kátia no portão da casa. Olhou bem para ele e se lembrou com quem ele parecia. Aquele homem era o seu tio Antônio. Ele tinha certeza. Naquele momento, Antônio se levantava para ir embora. O atendente veio lhe cobrar o café, e ele tentou fugir, mas foi impedido pelo garçom.

— Aqui, senhor, comeu tem que pagar.

Antônio alegou que o amigo não tinha aparecido com o dinheiro e que ele ia buscar em casa para pagar, mas não adiantou. Cadim percebeu a situação, se aproximou do garçom e disse: — Quanto é a conta desse senhor?

O garçom mostrou o valor, Cadim pagou e saiu sem sequer olhar para o tio. Antônio olhou agradecido e se perguntou por que aquele estranho havia pago sua despesa. Caso soubesse que ele pagaria, tinha aproveitado e almoçado, pois já estava com fome. Mas levantou-se e foi para casa desiludido.

Abriu a porta, entrou e logo em seguida ouviu uma batida na porta. Ele atendeu. Era um homem desconhecido, muito forte, com um blusão escuro com capuz, que lhe tampava parte do rosto. Ele se apresentou: — Sou o Tião, fui indicado pelo gerente do banco. Vim acertar as condições para alugar parte de sua casa para guardar minhas coisas. Vou lhe pagar um aluguel bem generoso, mas ninguém pode saber o que tem aqui. Dê-me uma chave da casa, saia daqui logo que escurecer e só volte duas horas depois.

Estendeu um pacote contendo uma bela quantia de dinheiro, pegou uma cópia da chave e saiu.

Antônio cumpriu exatamente o combinado. Por volta das seis horas, já escurecendo, saiu de casa e foi jantar. Procurou o bar onde ele tinha tomado café pela manhã e tentara sair sem pagar. Procurou o rapaz que havia pago sua conta e descobriu que ele trabalhava no bar ao lado. Foi até lá, encontrou-se com o jovem, agradeceu sua gentileza da manhã, pagou sua dívida e sentou-se para jantar. Pediu um de seus pratos prediletos: galeto com farofa e batata. Comeu, tentou várias vezes conversar com o jovem, mas este estava ocupado demais e não tinha tempo para conversar. Antônio tinha muito tempo, pois só poderia voltar para casa depois de duas horas, e queria conversar.

Cadim queria muito saber notícias de Kátia, mas não ousava perguntar a ele onde estava a própria esposa. Mas não resistiu. Vendo que o tio não o reconhecera, aproximou e puxou uma conversa rápida.

— O senhor mora por aqui? Eu nunca o vi antes por essas redondezas — disse Cadim.

Antônio, animado com a oportunidade de conversar, respondeu:
— Moro aqui perto, mas quase não venho para esses lados.

— O senhor é casado?

— Sim, minha mulher foi fazer uma pequena viagem e volta em uma semana, por isso vim jantar sozinho.

Cadim achou a resposta estranha, pois Kátia havia prometido encontrar-se com ele no dia seguinte, mas não disse nada. Antônio olhou o relógio, já era hora de ir para casa. Tião já deveria ter concluído sua mudança, e ele já poderia voltar e assistir sua novela preferida. Chegou em casa, estava tudo escuro e trancado. Abriu a porta, acendeu a luz, foi até o quarto que estava vazio, mas observou que havia um cadeado na porta. Ficou tranquilo, ligou a televisão e assistiu até dormir.

No dia seguinte, manteve sua rotina normal. Acordou, fez café e preparou-se para a caminhada na praia. Foi interrompido pelo senhorio, que veio receber os aluguéis atrasados. Antônio pagou e foi caminhar.

Cadim nunca mais viu Kátia, nem o seu tio Antônio, mas continuou no Rio de Janeiro, trabalhando e tentando organizar a vida. Quando recebeu a notícia da morte de dona Carmem, ficou muito triste, pediu licença ao dono do bar e foi a Belo Horizonte. Não chegou a tempo do enterro, mas ficou para a missa de sétimo dia. Encontrou-se com todos os vizinhos e amigos de sua época, todos muito tristes pela morte daquela que era a melhor pessoa do mundo.

Na missa, encontrou-se também com Solange, a vizinha que tia Carmem fazia gosto no namoro deles. Conversaram muito. Ela ainda estava solteira. Tinha passado um tempo noiva de um rapaz, mas tinham terminado e ela estava sem namorado. Cadim a convidou para ir ao Tizé, pois ele queria muito rever o amigo.

O encontro com Tizé foi maravilhoso. Ele fez uma grande festa pela visita do ex-funcionário, ou melhor, do amigo Cadim. Solange foi apresentada como uma amiga de infância, e Tizé disse para ela: — Esse Cadim vale ouro, menina. Não deixe que ele escape de você novamente.

Ela riu, um pouco sem graça, mas não disse nada.

Ele voltou para o Rio de Janeiro. Precisava continuar o trabalho, mas a viagem a Minas tinha sido muito boa. Reviu os amigos, reatou o namoro com Solange e prometeu voltar para vê-la assim que pudesse. A despeito da tristeza pela morte da tia Carmem, ele ficara feliz por ter voltado a Belo Horizonte. Porém, alguma coisa ainda o prendia ao Rio de Janeiro. Num sábado à noite, chegou ao bar em que ele trabalhava um ônibus com vários artistas, músicos, dançarinas, todos muito animados e bonitos. Sentaram-se às mesas que foram preparadas para eles, pediram muita bebida, muita comida e riram à vontade.

Cadim olhava aquela cena e recordava o que havia acontecido em Belo Horizonte, com a mesma turma. No meio deles estava Lorraine, a loura de olhos verdes como uma esmeralda, pernas roliças e rosto bem-feito. Ainda era linda. Ele olhava para ela com o mesmo olhar de anos atrás. Ela o observou e o chamou: — Venha aqui, meu rapaz.

Ele se aproximou, e ela perguntou seu nome e onde ele havia nascido. Cadim lembrava-se de cada pergunta que ela lhe fizera no passado. Eram as mesmas, e ele respondeu do mesmo modo. Ela então lhe perguntou: — Você já me viu dançando no teatro?

Ele disse que não. Ela tirou um cartão do bolso, escreveu o mesmo endereço e colocou seu nome. Deu um beijo, deixando a marca do batom, lhe entregou o cartão e disse: — Este é o meu endereço, me procure lá em casa, eu vou lhe dar um ingresso para o meu show, venha. Vou dançar só para você.

Cadim pegou o cartão, olhou para ela e disse: — De todos os cartões que você entrega para os jovens que cruzam o seu caminho, quantos vão até a sua casa encontrá-la?

Ela riu e respondeu: — Alguns idiotas acabam aparecendo, mas muito poucos. A maioria sabe que isso é uma brincadeira, já que uma mulher como eu não se acha em cada esquina.

Tomou-lhe o cartão, rasgou-o e disse: — Você é muito esperto para cair nessa brincadeira.

Cadim compreendeu, naquele momento, tudo o que lhe havia acontecido. Ele fora feito de bobo, numa brincadeira sem graça de uma mulher irresponsável, e só agora, anos depois, ele se sentia livre. Não era mais prisioneiro do amor de Lorraine. O seu gosto amargo agora se transformava em um sabor doce. Seu lugar não era ali. Seu lugar era junto dos amigos leais que ele tinha deixado em Belo Horizonte, e era para lá que ele iria.

Procurou o dono do bar, pediu para acertar suas contas, vendeu o pouco que tinha e comprou uma passagem de volta para casa.

28

Antônio contava o pouco de dinheiro que ainda lhe havia sobrado, estava na hora de procurar o Tião para receber outra parcela do aluguel. Seu único contato com ele era por intermédio do gerente do banco. Assim, achou melhor ir procurá-lo e pedir sua ajuda, para conseguir mais dinheiro. Ele ia se vestir, quando ouviu um estrondo na porta de casa. Virou-se, assustado, e viu um grupo de policiais armados até os dentes, gritando em sua direção.

— Levante os braços! Encoste-se à parede! Não se mexa!

Eram muitas ordens e muitos gritos. O medo tomou conta de Antônio, e ele chegou a urinar nas calças. A polícia invadiu sua casa e o levou preso, no quarto trancado tinha uma coleção de armas contrabandeadas e uma grande quantidade de drogas.

Preso em flagrante, falou do gerente do banco, que o dono da mercadoria era o Tião e que ele nem sabia o que havia naquelas caixas, e nem sequer as tinha visto. Porém o defensor público designado para o caso o aconselhou a confessar a autoria e ficar preso por cinco anos, pois, se insistisse naquela história, a condenação seria de, pelo menos, quinze anos. Sem saída, Antônio falou tudo o que a polícia mandou que ele confessasse.

Foi recolhido para a penitenciária de Bangu, como traficante de armas e de drogas. Entrou na ala dos traficantes. Ali ele não era conhecido, mas a fama o precedia. Logo foi procurado pelo chefe da ala, também conhecido como Big One, que queria saber para quem ele trabalhava, onde ele conseguia as armas e as drogas, quem era o fornecedor, qual o preço das mercadorias e, principalmente, para quem ele fornecia a mercadoria. Perguntou também onde ele guardava sua grana, pois um grande fornecedor, com certeza, tinha grandes recursos. Antônio não sabia as respostas e se limitava a contar a verdade. Ele alugava a casa para o Tião e não tinha nenhum outro contato com nenhum fornecedor ou distribuidor.

— Ou você é o maior idiota do mundo, ou um grande mentiroso — disse o chefe da ala. Essa descrição do Tião me lembra uma pessoa. Vou entrar em contato com ele e entender essa sua conversa. Na mentira, você morre; na verdade, você será utilizado por nosso grupo. Aguarde calado e não abra o bico com ninguém sobre nada. Essa conversa aqui nunca aconteceu. Outra coisa, não fale mais com o seu defensor público. Você agora é meu.

Kátia não soube da prisão de Antônio. Voltou para Belo Horizonte, comprou uma bela casa e seguiu a sua missão de ensinar aos jovens amantes como agradar uma mulher. Ela fazia sucesso entre os garotos da cidade. Rica, bonita, disponível, desfilava na noite com seus jovens amantes, fazendo inveja a todas as suas ex-colegas de profissão. Sua especialidade era descobrir jovens soldados do exército que eram do interior e moravam no próprio quartel. Conhecia a rotina deles.

Na quarta-feira à tarde, eles não tinham expediente e normalmente saíam do quartel para ir à cidade comprar alguma coisa, ir aos correios para enviar carta para a sua cidade natal, ou mesmo fazer pequenos passeios. Ela parava o carro na rua próxima ao quartel e os observava. Quando via um soldado que lhe interessava, ela o abordava e pedia alguma informação. Daí surgia uma conversa e ela oferecia uma carona até o centro da cidade. Parava próximo a uma lanchonete e oferecia um lanche.

Os soldados viam uma linda mulher de carro, oferecendo uma carona e um lanche e logo se interessavam. Ela então os convidava para um fim de semana juntos e, na sexta-feira, após o expediente, os buscava próximo ao quartel e os levava para sua casa. Ela morava numa linda mansão na região da Pampulha, com um grande jardim, área de lazer, piscina, churrasqueira, sauna e uma bela varanda. Tudo muito bem protegido de olhos curiosos. Na varanda, um sofá muito macio e branco, que era o preferido de Kátia. E era ali que começavam as aulas de sexo.

Soldados eram muito disciplinados, e Kátia sabia como comandar a sessão. Primeiro ela deixava o parceiro à vontade, tirava sua roupa bem devagar e lhe mostrava como despi-la. Cada peça deveria ser retirada com carinho, começando pela blusa. A cada botão aberto, um beijo. Quando a abertura chegava à altura dos seios, um tratamento especial: leve massagem para intumescer os bicos, beijos em todo o seio, finalizando com uma leve chupada nos mamilos. Passava então para o outro. Não havia pressa, só prazer. Alguns se entusiasmavam e queriam logo tirar toda a roupa e deitá-la. Estes eram logo repreendidos e, às vezes, mandados embora. O ritual de Kátia era sagrado.

Eles passavam um fim de semana de amor. Ela normalmente fazia questão de cozinhar, para o seu amante, frangos fritos e uma massa especial. Gostava de alimentá-los bem, muita bebida e muito sexo. Como na música de Chico Buarque, na segunda-feira "eram páginas viradas, descartadas do meu folhetim".

Nunca havia repetição de soldados. Alguns até tentavam voltar, pois conheciam a casa, sabiam o endereço e no sábado batiam no portão, implorando para entrar. Um par de cachorros e um vigia tratavam de afugentá-los. Kátia queria diversidade, ela anotava todos os nomes, idades e datas das visitas. Quase todos os fins de semana, tinha um novo amigo.

Mas Kátia sabia que seus recursos não eram infinitos, por isso, vez por outra, saia para ser caçada por velhos ricos que procuravam belas companhias e pagavam bem. Certa vez, chegou a viajar para a Europa com um cliente e ficou lá por trinta dias. Conheceu Paris, Londres, Roma e ganhou muito dinheiro. Foi ótimo, mas o tédio da companhia daquele senhor quase não valeu a pena. Claro que ele não notou e prometeu a ela outra viagem em breve. Ela comprou muita coisa para si própria e muitos pequenos presentes, que distribuiria para os seus jovens amantes. Kátia era uma mulher de sucesso: tinha dinheiro, boa vida e o homem que ela desejasse.

Big One fez seus contatos, descobriu quem era o Tião, mandou sua equipe procurá-lo e obter toda a informação sobre Antônio. Quando a resposta chegou, traçou um plano para melhor utilizar o companheiro de cela — um idiota que poderia ser de grande valia no seu negócio. Convocou seus advogados, contou a história de Antônio e mandou preparar seu alvará de soltura.

Convocou Antônio para uma reunião e lhe disse: — Você deu muita sorte, não vai morrer agora, não. Vai trabalhar para mim, para pagar sua soltura. Caso você tenha sucesso na tarefa, ganha a liberdade; se fracassar, morre.

Em uma semana, Antônio foi liberado e começou a trabalhar para Big One. Era o homem dos recados, levava e trazia informações, era usado como isca e como observador. Isso o manteve vivo por algum tempo. Ele ia e vinha com pacotes e pequenas caixas, passando perto da área de vigilância da polícia, sem chamar a atenção. Uma ou duas vezes foi parado, mas não carregava nada suspeito. Porém, indicava para o grupo a rotina da polícia naquele dia e local. Um dia foi preso. Confessou tudo, falou do contato na cela com Big One e do serviço que fazia. Dormiu na cela e amanheceu morto. Ninguém soube explicar a morte daquele presidiário, mas, também, ninguém reclamou o corpo. Ele foi enterrado numa cova de indigente, sem nenhuma identificação.

29

Cadim chegou a Belo Horizonte e foi direto se encontrar com os amigos e com Solange. Depois foi para a pensão da tia Carmem, onde encontrou Luís, que agora comandava o negócio. Abraçaram-se, conversaram muito, e Luís lhe entregou uma mensagem que havia chegado para ele há alguns dias. Tratava-se de uma carta de um advogado, que solicitava a presença de Cadim em seu escritório para tratar de assunto de seu interesse. Dava o endereço e pedia para telefonar com antecedência, para agendar o horário.

Cadim não deu muita importância à carta, mas ficou de ligar no dia seguinte. Estava muito cansado e queria comemorar com os amigos. Jantou com Solange na casa de seus pais e pediu formalmente a eles autorização para se encontrar com ela. Brindaram, e ele foi para a pensão dormir.

Acordou cedo e começou a pensar em seu futuro. Não tinha muito dinheiro, mas possuía o suficiente para reiniciar a vida em Belo Horizonte. Precisava procurar um trabalho e achou que deveria visitar o amigo Tizé, pois ele, com certeza, saberia indicar um local no qual ele poderia se empregar. Tomou café e se lembrou da carta do advogado. Ligou para o escritório. A telefonista anotou o recado, pois o Dr. Esteves estava viajando e só retornaria em alguns dias. Ela o informaria de sua ligação e agendaria a reunião tão logo fosse possível.

À tarde ele foi ao Tizé encontrar-se com o amigo. Falou da sua decisão de se mudar definitivamente para Belo Horizonte e de sua intenção de trabalhar. Tizé fez uma festa. Achou a decisão muito inteligente e prometeu fazer de tudo para ajudá-lo a se recolocar no mercado de trabalho. Seu rol de empregados estava completo e, além disso, ele achava que Cadim merecia uma posição melhor na estrutura de um negócio, pois ele já estava habilitado a gerenciar uma casa.

Tizé olhou para o outro lado da rua apontou para uma loja vazia e comentou com Cadim.

— Está vendo aquela loja vazia ali em frente? Ela foi um restaurante de muito movimento, que o dono fechou porque se mudou de Belo Horizonte. Aquela loja está para ser alugada. Você poderia alugá-la e montar ali o seu próprio negócio. Eu o ajudo no que puder, e você vai ser meu vizinho. Esse ponto aqui em Lourdes é muito desejado, mas eu conheço o dono do imóvel e posso pedir a ele a preferência para você.

Cadim quase caiu da cadeira de susto com a sugestão. Tinha procurado Tizé para ajudá-lo a encontrar um emprego e agora ele queria fazer dele um empreendedor, um proprietário de um restaurante?

— Tizé — disse Cadim — , eu não tenho condições de montar um restaurante. Não tenho dinheiro suficiente para iniciar essa empreitada e, além do mais, me falta experiência para tocar um negócio.

— Você trabalhava aqui e depois no Rio de Janeiro, doze, catorze horas por dia. Cuidava de tudo, fazia as compras, limpava a casa, atendia como ninguém a clientela. Ou seja, você trabalhava como um gerente, só que era para outras pessoas. Agora você pode fazer a mesma coisa para você mesmo. Vamos estudar isso direitinho, eu vou lhe ajudar.

Primeiro foram visitar a loja. Era espaçosa, precisava de uma pequena reforma, mas no geral estava em boas condições e já tinha todas as instalações prontas para receber os equipamentos de cozinha. Cadim gostou muito e decidiu ir visitar o proprietário do imóvel. A conversa foi ótima. Com o aval do Tizé, ele alugaria para o Cadim e até daria um desconto no preço inicialmente pedido.

Fizeram um levantamento detalhado dos equipamentos e dos diversos utensílios que ele necessitaria comprar para montar o restaurante.

Procuraram vários fornecedores para fazer o orçamento e, quando tinham tudo preparado, foram ao banco obter informações sobre a possibilidade de financiamento para aquisição dos bens. Cadim teve a primeira decepção. O gerente do banco, a despeito da amizade com Tizé, fez exigências demais para conceder o financiamento. Queria garantias, a taxa de juros era muita alta, os prazos dos empréstimos eram curtos e não havia nenhuma carência. Cadim voltou para casa um pouco desiludido.

Encontrou-se com Solange e desabafou: — Eu já estava ficando entusiasmado com a ideia de montar meu próprio negócio, mas as exigências são grandes, e eu não vou conseguir cumpri-las.

Solange o abraçou e disse: — Vai conseguir, sim. Conte comigo. Vou ajudá-lo. Meu pai tem algum dinheiro guardado e peço a ele para nos emprestar. Temos também esta casa, que podemos dar em garantia para o banco. Com certeza ele vai nos ajudar.

— Não, Solange, eu não posso pedir a seu pai esse sacrifício. O negócio é uma operação de risco. Não tenho o direito de colocar o patrimônio que sua família construiu, durante toda a vida, num negócio que nem eu mesmo tenho certeza se vai dar certo. Vou encontrar uma alternativa. Muito obrigado pelo seu apoio. Isso me deu novas forças. Eu vou conseguir.

Procurou outros bancos e não encontrou nenhuma abertura. Por aquele caminho era impossível levar adiante o processo. Teria de haver outra saída.

Numa conversa com um cliente do bar, Tizé soube de uma pessoa que poderia emprestar o dinheiro, com exigências menores, mas com juros maiores. Foram procurar o empresário, que ofereceu condições para o empréstimo muito caras. Até o bar do Tizé ficaria na garantia e os juros eram bem maiores do que os oferecidos pelo banco.

— Voltamos à estaca zero — disse Cadim.

Chegou em casa preocupado, pois, se não conseguisse o empréstimo, perderia a loja e todo o seu sonho de se tornar proprietário do seu próprio negócio.

Na entrada da pensão, encontrou-se com Luís, que tinha um recado para lhe dar.

— Ligou aqui um tal de Dr. Esteves, marcando um horário para você amanhã no escritório dele. Ele pediu para você levar todos os seus documentos.

Cadim se lembrou da carta que havia recebido do advogado e da necessidade de se encontrar com ele pessoalmente. Agradeceu o recado e foi se encontrar com Solange. Conversaram sobre mais um fracasso na obtenção do empréstimo, do medo de perder a preferência no aluguel da loja e falou da reunião com o advogado no dia seguinte. Aproveitou e convidou Solange para acompanhá-lo ao encontro com o advogado.

Na hora marcada, Cadim e Solange estavam na sala do advogado. Era um luxuoso escritório na Zona Sul de Belo Horizonte, com móveis de couro e madeira maciça e muitos livros nas estantes. Um ambiente muito distinto, mas muito austero. Cadim se sentiu um pouco intimidado. O que aquele advogado queria com ele? Que assunto de seu interesse poderia ter ali?

Enquanto pensava, entrou um senhor, vestindo um terno risca de giz, de casimira inglesa, com uma gravata cinza com pequenos riscos brancos, colete e com uma pasta na mão. Solicitou a eles que se assentassem, pediu desculpas, muito polidamente, por tê-los feito esperar, cumprimentou a todos e começou a perguntar: — O senhor é Leocádio Neto, filho de Deocleciano e de Maria Flor?

Cadim, um tanto confuso, confirmou. O advogado prosseguiu: — O senhor trouxe seus documentos como eu recomendei? Poderia me deixar vê-los?

Cadim retirou da carteira seu documento de identidade, a certidão de nascimento e o título de eleitor e entregou ao advogado. Antes, porém, perguntou: — O senhor pode me dizer do que se trata? Eu estou um pouco confuso com essa reunião.

O advogado pegou os documentos, e respondeu: — Deixe-me conferir seus documentos que já desfaço todo o mistério.

Ele analisou os documentos, conferiu com alguns dados que constavam da pasta que ele havia trazido, fechou-a e disse: — Senhor Leocádio Neto, eu sou o doutor Esteves, advogado de família, e fui contratado pelo seu avô materno, o senhor Severo, para executar o seu testamento. Não sei se o senhor sabe que seu avô faleceu há cerca de dois meses e deixou um testamento me nomeando como executor. É por esse motivo que o convidei a esta reunião.

Cadim disse em voz alta: — Eu não tinha muito contato com meu avô. Ele sempre me pareceu ausente, nunca aparentou se importar comigo e, desde que ele se casou pela segunda vez, tivemos um distanciamento em função das posições da sua nova esposa. Eu não sabia que ele tinha falecido.

O advogado então continuou: — Então você também não sabe que ele ficou viúvo outra vez, alguns meses antes de morrer. Ele o procurou, mas como já estava bastante debilitado, não conseguiu encontrá-lo. Então, escreveu uma carta, colocou-a junto ao testamento e me entregou para que eu executasse sua vontade, assim que ele viesse a falecer. Por isso eu convoquei esta reunião, para lhe entregar a carta de seu avô e dar prosseguimento ao testamento.

Entregou um envelope a Cadim e começou a ler o testamento.

— Deixo todos os meus bens, compostos por uma fazenda — descreveu toda a fazenda, todos os semoventes ali existentes e todos os recursos depositados no banco.

O advogado fez uma pausa e uma observação: — Aqui no testamento, o senhor Severo pede a sua boa vontade para que você decida se é do seu interesse destinar alguns bens para o senhor Damião, caseiro da fazenda, que, segundo o seu avô, foi muito leal e cuidou de tudo nos momentos mais difíceis da vida dele.

O advogado continuou: — Observe, senhor Leocádio, que o senhor Severo poderia, ele mesmo, dispor de parte de seu patrimônio para destinar ao senhor Damião, mas não o fez. Pediu que o senhor avaliasse essa possibilidade, por confiar na sua generosidade. Mas fez isso em função de uma promessa que ele lhe havia feito: de deixar tudo o que tinha para o único filho de sua única filha.

Cadim não acreditou no que estava acontecendo. Fez uma série de perguntas, quis saber os valores em depósito no banco, quando ele poderia dispor deles, quanto valiam a fazenda e o gado ali existente. Para cada pergunta, o advogado respondia com precisão e dava a Cadim a real dimensão de sua nova condição financeira. Cadim pediu ao advogado que transferisse o dinheiro para uma conta que ele acabara de abrir em um banco, onde ele pretendia fazer um empréstimo, doou todo o gado existente na fazenda para Damião e recomendou ao Dr. Esteves que providenciasse a venda da fazenda, pois ele não iria visitá-la, como era o desejo de sua avó Doralice. Tudo assinado e resolvido, Cadim saiu pulando de alegria. Foi direto contar a novidade para o Tizé, e os três — ele, Solange e Tizé — comemoraram tomando um champanhe.

Procuraram o proprietário da loja, assinaram o contrato de aluguel e se preparam para começar o novo projeto do bar e restaurante "Seu Cadim".

Depois dessa providência, foram para casa. Cadim convidou Solange, seus pais e Tizé para jantar num restaurante. Durante o jantar, pediu a mão de Solange em casamento.

Enquanto ele providenciava o início da reforma da loja aonde iria funcionar o "Seu Cadim", Solange começou a preparar o casamento, marcar a igreja e procurar uma casa para eles morarem.

Cadim foi ao banco para verificar suas contas e começar a movimentar seus recursos. Quando o gerente o viu, logo se aproximou, cumprimentando-o com entusiasmo.

— Que bom que o senhor está aqui. Conversei com nossa diretoria e eles resolveram facilitar o empréstimo que o senhor pleiteava para abrir o seu negócio. Venha à minha mesa que vou lhe mostrar as novas condições.

Cadim sorriu e pensou com ironia: "Meus recursos já chegaram ao banco. Agora sou um cliente especial, não sou mais um pobre empresário precisando de um financiamento. Agora sou um capitalista que aplica recursos no banco e por isso mereço um tratamento diferenciado."

Cadim estava exausto, havia trabalhado de forma incessante nos últimos dias. Precisava cuidar de todos os detalhes da instalação do bar. Enfim, o "Bar e Restaurante Seu Cadim" estava pronto. Poderia ser inaugurado a qualquer momento. A equipe toda contratada, todos treinados, as mercadorias compradas e prontas para serem servidas. Foi para casa descansar. Amanhã seria um grande dia, ele queria estar bem-disposto para abrir a casa.

Quando chegou a seu quarto, abriu o armário, e um envelope no bolso do seu paletó, que estava dependurado num cabide ao fundo, chamou sua atenção. Pegou o envelope e logo se lembrou de que ele havia sido entregue pelo advogado, no dia da leitura do testamento. Estava lacrado e tinha na frente, subscrito com uma letra trêmula, o endereçamento: "Para meu neto Cadim".

Cadim abriu o envelope, retirou uma folha escrita com a mesma letra e começou ler.

Meu querido neto Cadim,

Estou velho, quase morrendo, tive uma vida muito sofrida, casei-me com Doralice e não fui muito feliz. Mas tivemos uma filha maravilhosa, lhe demos o nome de Maria Flor. Ela era a flor mais linda que alguém poderia colher no jardim da vida.

Ela foi, a contragosto, mandada para um colégio católico, por desejo de sua avó, que esperava que ela fosse aceita como freira. Ela não queria, e eu não impedi. Sei que ela sofreu naquele convento, e não fui capaz de tomar uma decisão para livrá-la daquele sofrimento.

Um dia ela retornou. Eu fiquei feliz em saber que ela tinha decidido não voltar mais para o colégio. Era uma moça bonita e vistosa. Ela foi pedida em casamento, pelo Coronel Leocádio, para seu filho Deocleciano. Eu sabia que não daria certo. Mais uma vez não reagi e entreguei minha única filha para outro sacrifício. Quando eu me encontrava com ela, via em seus olhos a infelicidade, mas sempre fui um fraco. Quando você nasceu, fiquei muito feliz, mas o Coronel Leocádio não nos deixou conviver com você. Fracassei de novo em não reagir. Na escola, na rua, eu nunca o defendi.

Quando sua avó Doralice mudou-se para Belo Horizonte, eu aleguei cansaço só para ficar no conforto da fazenda e, quando ela morreu, não tive força para brigar por você. Tive uma vida infame, de um fraco, mas quero que você saiba que, mesmo com todos esses meus defeitos, no fundo eu o amava bastante e queria muito ter sido forte para fazer as coisas certas, mas não fiz. Agradeço a Deus por ter lhe dado forças e boas companhias para que você se transformasse numa pessoa de bem.

Eu não fiz nada que deveria ter feito por você. Desculpe esse velho que só agora, no fim da vida, acordou para os seus erros. Nada neste mundo era mais importante que o seu amor e carinho. Eu não compreendi que Deus me tirou uma filha, mas me deu um filho. E eu não soube criar e nem demonstrar o meu amor. Que Deus lhe abençoe, que essas pequenas coisas que eu lhe deixo possam lhe dar um conforto material. Com certeza, quando você ler esta carta eu já estarei morto, mas mesmo assim eu lhe peço desculpas: eu precisei ver a morte para compreender a vida.

Do seu avô, que deveria ter-lhe mostrado mais amor,

Severo

Cadim terminou a leitura com lágrimas nos olhos. Ele nunca fora, de fato, muito ligado a seu avô, mas aquela carta lhe cortava o coração, e ele acabou se arrependendo de não ter tido maior convivência com ele, Cadim. Guardou aquela carta com carinho.

Ele, que sempre tivera um amargo na vida, começava a experimentar o doce. Chega de frustrações, chega de Lorraines, chega de pessoas mal-intencionadas em sua vida. Agora ele estava feliz, tinha seu negócio, tinha amigos, tinha Solange, uma grande companheira. Podia esquecer todo o passado, podia desfrutar a vida.

Quando abriu o bar no dia seguinte, a clientela foi surpreendida com um local cheio de novidades, comida boa e cerveja gelada. Mas o que mais surpreendeu e agradou foi a bebida que ele e o barman da casa criaram: um coquetel surpreendente, o qual você começa a beber e sente um gosto amargo e, à medida que ele vai sendo consumido, o sabor vai se transformando em doce. A esse coquetel amargo e doce ele deu o nome de "Lorraine".

FIM

» *Este é um livro de ficção. Qualquer semelhança com situações e pessoas vivas ou mortas é mera coincidência.*

Agradecimentos do autor

Gostaria de agradecer à toda minha família
pelo apoio na construção deste livro,
meus filhos, minha esposa, meus irmãos e
aos muitos amigos com os quais
troquei informações e ouvi bons conselhos.

Este livro foi composto em Caslon Graphique EF e em Adobe Garamond Pro.
O projeto gráfico é da Entrecampo; e a impressão foi feita pela
Gráfica Formato para Quixote+Do Editoras Associadas,
em dezembro de 2017, com uma tiragem de 1.000 exemplares.